異世界工房通り　訳ありアンティーク店

エドウィン
アンレジッド王国の王太子。
この国では珍しく黒髪黒目で、
ミステリアスな美形。
アオイを保護する代わりに
工房通りの骨董品店を託した。
橘
橘の木が描かれた
大壺に宿る精霊。
何か目的があって
異世界にやってきた
らしく――
アオイ
日本の女子高生で、骨董商の娘。
海外旅行中に海で溺れ、
橘と一緒に異世界トリップした。
骨董品に宿る精霊の姿を見て、
声を聞くことができるため、
骨董品店の店主を任されることに。
トンボ玉の精霊たち
トンボ玉に宿る
無邪気で明るい精霊。
登場人物紹介

トラヴァース
名の知れた貿易商人。
ひょんなことから
アオイを気に入って……
アンドリュー
工房通りにある
ガラス工房の主人。
揚羽
揚羽蝶の絵が彫られた
ランプに宿る精霊。
クレメンス
エドウィンの側近。
いつも笑顔でムードメーカー。
シャイアには頭が上がらない。
シャイア
王城に勤める侍女。
しっかり者で、エドウィンや
クレメンスの幼馴染。

第一章　不思議の国のアンティークたち

「いやああーー！」

暗い海に投げ出された私の体は、しがみついていた木箱と共に、ザプンと波に呑みこまれた。

溺《おぼ》れないように必死でもがき、水面から顔を出す。

「ぷはっ！」

掴《つか》んでいる木箱は、大半が水に浸《つ》かりつつも、しっかりと浮いている状態。

上半身を乗り上げれば、どうにか沈まずに助けを待てそうだ。

どうしてこんなことになってしまったのだろう。

私、斎藤蒼衣《さいとうあおい》は現在、ドーバー海峡《かいきょう》で溺《おぼ》れかけている。

日本で暮らす平凡な高校三年生の私は、夏休みを利用した一人旅の最中だった。昨日までイギリスにいる祖母の家に滞在し、今は骨董商《アンティークディーラー》である父がいるフランスに、フェリーで向かっているところだったのだけれど……。

船のデッキで眺めを堪能《たんのう》していたら、怪《あや》しい二人組が大きな古い木箱を運ぶところを見かけたのだ。その木箱は、緩衝材《かんしょうざい》で何重にも包んで保護した品物を、木の枠に入れたもの。木枠梱包《こんぽう》と呼ばれ、日本では美術品や機械など、造りが繊細《せんさい》なものを運ぶときによく使われる梱包《こんぽう》方法だ。

木枠の中の品は、壺《つぼ》のようなシルエットに見える。

そんなものを、航海中の船のデッキでどうするのかと気になって、ついあとをつけた。すると彼らは、人気《ひとけ》が少ないところからそれを海に投げ落とそうとしたのだ。

私は慌てて声をかけた。それはもしかして、骨董品《アンティーク》なのではないかと。

すると彼らは手を止めてこちらを振り返り——なぜか私の後ろの方を見て悲鳴を上げた。

——え⁉　何かあったの⁉

つられて後ろを振り返ると、なんとつい今しがたまで晴れていた空が真っ黒に変わっていた。

その上、海水を巻き上げるかのような風が急に襲ってきたかと思うと、巨大なフェリーがいきなり傾いたのだ。

私がバランスを崩して倒れそうになったところ……二人組の手から放り出された木箱が床を滑《すべ》り、私に襲いかかってきた。

避《よ》ければよかったのに、私はとっさに手を出してしまった。

そして木箱と共に海へ落ちてしまい、今に至る。

今回、元々私はフェリーに乗る予定じゃなかった。父が飛行機のチケットを取ってくれていたのだけど、とある理由により電話で口論になり、反抗したくなった私は強引にフェリーに乗りかえたのだ。

——そんな勝手をしたから、バチが当たったのかもしれない。

「た、助けて……誰か……助けて！」

大声を出そうとしても、波に煽《あお》られて海水が口に入るばかり。

荒ぶる波に揺さぶられ、古い木箱にしがみつくだけで精一杯だ。

「助けて――きゃあっ⁉」

再び口を開いたそのとき、手をかけていた木箱の枠が一本、外れてしまった。

体勢を崩してどっぷりと頭まで沈んだあと、死に物狂いで木箱にしがみつき直す。

だけどこれまで以上に不安定な体勢になった。

「おーい、大丈夫か⁉　これに掴《つか》まれ！」

フェリーの船員が私に気がついて浮き輪を投げてくれる。しかし私の漂《ただよ》う位置からは遠く、全然届かない。木箱を捨てて、浮き輪を取りに行かなければ命はないだろう。

だけど……私はしがみついている木箱を、改めて見下ろす。

「こんなに……綺麗なのに」

箱の隙間《すきま》から見えるのは、色鮮《いろあざ》やかな木――橘《たちばな》が描《えが》かれた壺《つぼ》。日本の磁器《じき》の中でも価値が高い、古伊万里《こいまり》と呼ばれるものだろう。

こんな状況でも目を奪われるほど、極上の品だ。骨董商の娘として、見捨てられるわけない。

「おーい、早く浮き輪に掴《つか》まれ！」

そんな声が聞こえてフェリーの方を見ると、船員が救命ボートを下ろしているところだった。

よかった、これで救助してもらえると、ホッとしたそのとき――

「おい、そんなものからは手を離せ！」

今度は荒っぽい声が聞こえてきた。そちらを見ると、フェリーの船員ではない男性が二人いた。

彼らの顔には見覚えがある。私が掴《つか》まっている木箱を、捨てようとしていた人たちだ。

「だめよ、これがどれほど素晴らしいものか……あなたたちだって知ってるんでしょう？」

波に煽《あお》られながらも必死で主張する。

「違うんだ、それは呪《のろ》われてるんだ、だから捨てろ！　手を離せ！」

呪《のろ》われている？　何を言っているの？

「それは、廃棄するために持ちこんだものだ！」

「馬鹿を言わないで、これ古伊万里じゃないの」

こんな素晴らしいものが捨てられようとしていたなんて、信じられない。木箱を掴《つか》む手に力を入れたそのとき、フェリーの上から怒声が聞こえてきた。

「危ない、後ろを見ろ！」

その声に促《うなが》されて後ろを振り返ると、今までにないほど高い波が迫っている。

「ちょっ、マジ？」

津波のような黒い水の壁に、唖然《あぜん》とする。

怪《あや》しい男が、切羽《せっぱ》詰《つ》まった声で再び叫んだ。

「だから、その壺《つぼ》を離せ！　頼むから……そいつが不幸の原因なんだって！」

「い、嫌よ、できない！」

だって私は……骨董商の娘で、骨董品が大好きなのだ。

そしてついに、ひときわ高い波に呑まれた。

そのせいで緩衝材《かんしょうざい》の隙間《すきま》を通り、壺《つぼ》の中に水が入りこんでしまったのだろう。木箱が沈みはじめる。

一緒に海に沈んだ私は、慌ててもがいて海面から顔を出そうとする。

けれど荒れ狂う潮流が、私と木箱を海の底に引きずりこんだ。

あっという間《ま》に光が遠ざかっていく。

――死ぬのかな、私。

父さんに逆らって、フェリーに乗った罰なの？

恐怖に襲われ思わず悲鳴を上げてしまったせいで、肺の中にわずかに残っていた空気が口から出ていく。

かすみがかった視界の中で私の左手首が光った。お祖母《ばあ》ちゃんがお守りとしてくれた、宿《やど》り木をモチーフにした銀のブレスレットだ。

――お祖母《ばあ》ちゃん、ごめんね。

次第に薄れていく意識の中で、男性の声が聞こえてきた。

『必ず助ける。大丈夫、眠れ……』

優しいその声を聞きながら、私はまぶたを閉じる。

死が、こんなにも孤独で、静かにやってくるものだとは。

それが海に呑まれた私の、最後の記憶だった。

夢、なのかな――ゆらり、ゆらりと揺られながら、懐《なつ》かしい景色を見た。

小さな頃に訪れた神社だ。幼い私は、社《やしろ》を見上げる。

右側には私と手を繋《つな》ぐ父、左側には兄の赤城《あかぎ》と、赤ん坊の妹萌黄《もえぎ》を抱いた母がいる。

私は初めて身につけた着物と口紅に、心が躍《おど》っていた――

これはきっと、七五三のときの記憶。すごく嬉しかったから、今でもたまに思い出す。

幼い私は、社殿の中をもっとよく見たいと父にせがんで抱き上げてもらい、目をこらした。そこには、今まで知らなかった特別な世界があった。

奥には錦《にしき》の布が飾られ、美しい彫《ほ》りの太鼓《たいこ》や和楽器が並んでいる。中央の祭壇脇に置かれているのは美しい花が描《えが》かれた二つの壺《つぼ》。

厳《おごそ》かで、張りつめたような空気を感じ、そこが神聖な場所なのだと悟《さと》ったのを覚えている。

あれは、どこの神社だったのだろう。そして、あの壺《つぼ》は……？

思い出そうとすればするほど夢は遠ざかり、思考が少しずつはっきりしてくる。

けれども体は動かない。私はいったいどうしたのだろう。

意識が浮上すると同時に耳に入ってきたのは、ゆったりと繰り返される波の音。

――そうだ、私は海で溺《おぼ》れたんだ。

まぶたを開けると眩《まぶ》しい光が差しこんできて――私は耐えられずにまたぎゅっと目を瞑《つぶ》る。

「……うう」

そのとき、波の音に混ざって、足音が聞こえてきた。

助けて——

そう言いたくても声は出ず、目も開けられない。

足音が徐々に近づいてきて、やがて頭上から男性の声が聞こえてきた。

必死になってその声に耳を傾けるものの、何を話しているのかさっぱりわからない。

私が理解できるのは日本語と英語、そして簡単なフランス語。イギリスとフランスの間にあるドーバー海峡《かいきょう》で溺《おぼ》れたのだから、言葉の通じる地に流れ着いたものと思ったのだけど……

言葉が通じないなんて、どこまで流されてしまったのだろう。

不安に思ったそのとき、光を遮《さえぎ》るように影が落ちた。

「……○×？」

「え、何？」

話しかけられたと気づき、私は必死に目を開けた。

不思議と声を出せたけれど、その拍子に口の中に砂が入ってくる。

激しく咳《せ》きこみながら見た人物は、それはそれは美しい男性だった。

「☆×◎、○△？」

片膝をつき私を見下ろす彼は、彫《ほ》りの深い顔立ちで、艶《つや》やかな黒髪を片側でまとめている。

「○◇、☆×？」

私が見とれていると、彼は大きな手で私の腕を掴《つか》んだ。その瞬間、見とれている場合じゃない、と我に返る。

「た、助けて、ヘルプ……」

その男性に、私は掠《かす》れた声で助けを乞《こ》う。彼は黒髪黒目だけれど、顔立ちは日本人離れしている。

私は英語とフランス語でも、同じことを繰り返した。

「助けて、船から投げ出されて……海に落ちたの。ここはどこ？」

何度問いかけても、目の前の男性は漆黒《しっこく》の瞳をこちらに向けるだけで何も答えない。

「どうして……通じてないの？」

もしかして私は、死んでしまったのかもしれない。大好きな骨董品に目がくらみ、欲に囚《とら》われて——それならばここは地獄《じごく》に違いない。

「はは……っ」

私が失笑すると、男性はそれに反応するように、顔を上げた。

「○●☆！」

他にも誰かいるようで、彼は遠くに向けて声を張り上げる。

すると再び聞いたこともない言葉が返ってくる。黒髪の男性はそれに答えながら、そちらへ向かって歩いていった。

離れていく男性に、待って、置いていかないでとすがろうとしたところで、左腕が動かないことに気づいた。左腕を見ると、宿《やど》り木を模したブレスレットが、割れた木箱の枠に引っかかっている。

砂に半分埋もれている木箱。その内側で、白い磁器《じき》が輝いている。

「……はは、なんだ。あなたも一緒にあの世まで来ちゃったの？」

一人きりでないことに少しだけ安堵《あんど》した。

そこが、私の限界だったようだ。

黒髪の男性が心配そうな顔で呼びかけてくる声を聞きながら、私は再び意識を手放したのだった。


次に目が覚めたとき、私はベッドの中にいた。

たしか海で溺《おぼ》れて、どこかの浜辺に流れ着いたはず――いや、あれはあの世だったんだっけ……？

そう思いながら、上体を起こして周りを見回した瞬間、視界に入るものすべてに目を奪われた。

私を取り囲んでいるのは、まったく見覚えのない高級家具の数々。

ベッドは天蓋《てんがい》付きで、ゆったりとしたドレープのあるカーテンが垂れ下がっている。そして濃いマホガニー色――赤茶色の格調高い家具の数々が並んでいた。

天井は、普通の家では見かけないほど高い。

「ここ、どこ？」

呟《つぶや》きはまだ掠《かす》れていた。

再び部屋を見回すと、ベッド脇のチェストの上に、水差しがある。喉《のど》が渇《かわ》いていることに気がついて手を伸ばしたところで、己《おのれ》の体を支えられずにベッドから滑《すべ》り落ちてしまった。

「い……いたた」

顔から着地したけれど、ふかふかの絨毯《じゅうたん》のおかげで衝撃は少ない。

その直後――私は目の前の光景に釘付《くぎづ》けになった。

「な……なに、なにこれ、すごい！」

私は四《よ》つん這《ば》いで、チェストの脚ににじり寄った。

なめらかな曲線を描《えが》いた、優美で艶《つや》やかな仕上がり。緻密《ちみつ》な彫刻が施《ほどこ》されたいわゆる猫脚の中でも逸品《いっぴん》だ。

「ほ、本物の骨董品……だよね？　イギリスのアンティーク家具に見える」

他にも広い室内にあるダイニングテーブルとチェア、ソファ、絨毯《じゅうたん》まですべて英国式だ。

「まるでどこかのお城みたい。趣味で集めたにしても、すごすぎるよ」

背の高いキャビネットの中は、ベネチアングラスと思《おぼ》しき花器や、ヨーロッパで人気がある野花をモチーフにした陶器の茶器が並んでいた。美術品として価値がありそうなものばかりだ。

私が涎《よだれ》を垂らす勢いで調度品を眺めていると、部屋の扉が大きな音を立てて開いた。

「え……？」

次《つ》いで、数人の男女が室内に入ってくる。彼らの服装を見て、私はギョッとした。

女性はクラシックなメイド服を着用し、男性は刺繍《ししゅう》が入ったロング丈のジャケットに、革製のロングブーツを合わせている。

とても仰々《ぎょうぎょう》しくて、映画にでも出てきそうな衣装だ。

「な、なんなの？」

「……○◇」

最後に入ってきたのは、砂浜で見た黒髪の男性だった。彼が周囲に声をかけると、メイド服の女性たちが私の腕を掴《つか》む。

「え⁉　何⁉　あ、勝手に家具をジロジロ見てごめんなさい。でも怪《あや》しいことをしてたわけじゃ……ちょっと待ってよ」

海で溺《おぼ》れたダメージが残っているのか、思うように力が出ない。私はあっという間《ま》に椅子に座らされてしまった。

その椅子も、背もたれ部分が花瓶の形になっている、これまた英国式アンティーク家具。本物ならばすごく貴重な品だ。

そうしているうちに、メイド服の女性が私の肩に大きなストールをかけてくれた。

そこでようやく自分が、ネグリジェのような薄手のワンピースに裸足《はだし》というあられもない格好であることに気づく。慌てて足を閉じ、ストールをかき寄せた。

そういえば体もさっぱりしている。きっとこの人たちが拭いてくれたのだろう。

「あ、ありがとうございました、いろいろしていただいたみたいで」

おずおずと礼を言うと、黒髪の青年が言葉を返してきたけれど、やっぱり意味がわからない。

私は言葉が伝わらないのを承知の上で、まくしたてる。

「私は日本人で、斎藤蒼衣といいます。ドーバー海峡《かいきょう》を渡るフェリーから落ちて、遭難してしまったんです。どうか、家族……いえ、日本大使館に連絡してください。きっとみんな探しているはずです！」

必死に訴《うった》えるが、彼らは互いの顔を見合わせて、首を横に振る。

「ここはどこですか？　ヨーロッパですよね？」

同じことを、英語とフランス語でも繰り返す。

しかし彼らは首をかしげるばかり。

胸の奥に不安が湧き上がった。

「お願い、私を帰して。私が悪いのはわかってるわ、父さんに反抗したから」

思わず涙がこぼれた。

そばにいた銀髪のメイドさんが、慰《なぐさ》めるように私の肩を撫《な》でてくれる。その手は温かくて優しい。

私は通じないことがわかっていても、訴《うった》えるのをやめられなかった。

「高校最後の夏休みを利用して、日本から一人で遊びにきたの。イギリスの祖母の家で一週間過ごしたあと、父の仕事場があるパリまで行く途中だったのよ。父のもとで、大好きな骨董品の勉強をするために。でも父の仕事のやり方が、どうしても納得できなくて、電話で喧嘩になって……反抗するように、手配してくれていた飛行機を勝手にキャンセルして、フェリーにしたの。まさかこんなことになるなんて思わなかった。……帰りたい。見送ってくれた祖母もきっと心配しているわ」

黙って私の言葉を聞いている黒髪の男性に、もう一度強く訴《うった》える。

「警察でもなんでもいいわ、とにかく外部と連絡を取らせて、お願い！」

すると男性は、小さなため息をついた。その表情は険《けわ》しく、同情も共感も感じられない。

やはり言葉が通じていないのだと悟《さと》る。

「××」

彼が何かを言うと、メイドさんに代わって二人の男性が私の両脇を掴《つか》み、椅子の背もたれに押さえつけてきた。

「えっ!? 何するの？」

私は問いかけながら少し抵抗するが、黒髪の男性はただ私を見るだけ。

そうこうしているうちに、ワゴンがそばに寄せられる。黒髪の彼はワゴンに置かれた針のようなものを手に取り、私に近づいた。

そして、メイドさんが私の髪を片側に寄せ、頭を押さえてくる。

「や、やめて、離して！」

頭をがっちり掴《つか》まれ、涙目になってしまう。しかし黒髪の彼は私のことを気遣うそぶりもない。なんだか恐怖よりも怒《いか》りがこみ上げてきた。

「何するのよ、この暴漢《ぼうかん》！ ちょっと強引すぎるんじゃないの？ すぐにでも大使館に駆けこんでやるんだからっ――ちょっ、痛い！」

耳たぶを引っ張られ、痛みが走る。

何をされているのかと必死に目をこらす。視界の端に、彼が持つ針が私に向けられているのが見えた。

「やめてよ、本当にやめてってば！」

私が叫ぶと、彼は今までになく大きな声を出す。

「※◎☆∇！」

意味がわからないながらも気圧《けお》されて、私は息を呑んだ。

次の瞬間痛みが走り、耳たぶにあの針を通されたのだと悟《さと》った。メイドさんが白い布で私の耳を拭《ぬぐ》う。布に、赤く大きな染みがついた。

思ってもみなかった展開に、急に怖くなる。体がカタカタと震えだした。

次の瞬間、針が抜かれた感覚がして、止血のためかぎゅっと耳たぶを圧迫された。かと思ったら、再び針のようなもので耳たぶを貫《つらぬ》かれる。

「……い――っ」

痛みのあまり言葉にならない。

ぎゅうっと目を瞑《つぶ》り再び開くと、針を持った手が目の前を通って反対側の耳に移動していく。

「や、やだっ、痛いってば！」

「☆◎△」

黒髪の彼が諭《さと》すような口調で語りかけてくるけれど、何を言っているのかわからない。

抵抗できないまま、もう片方の耳たぶにも針を刺され、何かをつけられてしまった。

それで用は済んだのか、私を押さえていた男性たちが離れる。そして申し訳なさそうな顔をしたメイドさんが出血した傷口を拭《ぬぐ》ってくれた。

次に彼女は、清潔な布で黒髪の男性の手をことさら丁寧に拭く。彼は当然のようにそれを受け入れている。どうやら世話を焼かれることに慣れているようだ。

そんな男性を、私は無言で睨《にら》みつける。

耳がじんじんと脈打っていた。

そっと手で触れると、耳たぶに金具のようなものがついている。どうやらピアスをつけられたらしい。

「サイテー。日本の校則はめちゃくちゃ厳しいのよ？　ピアスだけは卒業までつけるつもりなかったのに」

私はイギリス人である母と日本人の父のハーフだ。母から譲《ゆず》り受けた明るい茶色の髪は、黒髪の人が多い日本の学校では異色。そのせいでからかわれたり悪口を言われたりと、ずっと苦労の連続だった。だから目立つことを避けてきたのに、ピアスなんて冗談じゃない。

ああ、休み明けまでに塞《ふさ》がないと――

いや、待って。そもそも私、日本に帰れるのかな？

痛みと悔しさと心細さに襲われ、再び涙がこみ上げてくる。雫《しずく》など落とすものかと手の甲で拭《ぬぐ》うと、悪びれるそぶりすらない黒髪の男性に、腕を掴《つか》まれた。

「擦《こす》るな、目を傷《いた》める」

「うるさい、私に触らないで。誰のせいだと思って…………え？」

目の前の男性をまじまじと見つめて、私は問いかける。

「今、なんて？」

「擦《こす》るなと言った。理解、できるな？」

言葉の意味が、わかる。

私はコクコクと頷《うなず》く。するとずっと硬い表情だった彼が、少し安堵《あんど》したように見えた。

「そのピアスが翻訳《ほんやく》している。お前、名は？」

「蒼衣……斎藤蒼衣。斎藤が姓で、蒼衣が名です」

「アオイ、か。聞き慣れない響きだな」

彼が話しているのは今まで通り知らない言語だ。しかしなぜか意味は理解できてしまう。

どういうこと？

不思議すぎる現実に怖くなり、私の腕を掴《つか》む彼の手を振り払う。

「触らないで」

「危害を加えるつもりはない……と言っても、信用できないだろうが」

私は説明を求めて、周囲に控《ひか》える女性たちに視線を向ける。しかし彼女たちはにこにこと微笑むだけだ。私は少し気味が悪くなり、用心しながら口を開く。

「……保護してくださってありがとうございます。でも、こんなものを勝手につけなくても、通訳を呼ぶとか通報するとか、他にもやり方があったはずでしょう？　警察か大使館に連絡をさせてください」

「ケイサツ？　タイシカン？」

黒髪の男性は、なぜか首をかしげる。私は苛立《いらだ》ちまじりに続ける。

「イギリスからフェリーでドーバー海峡《かいきょう》を渡っている途中、海に投げ出されたの。捜索だってされているはずよ。ここがヨーロッパならニュースになってないはずがないわ」

「嵐？　お前は嵐に巻きこまれて来たのか？」

そこに反応した黒髪の男性は、詳しく聞かせろと言う。

私は答えようとして、はたと気がついた。

「そ、その前にあの……私と一緒に、鞄《かばん》が落ちてませんでした？」

海に落ちたとき、パスポートや財布、スマホが入った鞄《かばん》を肩からかけていた。一緒に流れ着いていないかと思ったが、男性は首を横に振る。

身分を示すものがないなら、自分の言葉ですべて説明しなければならない。驚きの連続でうまく働かない頭を必死に使い、私は事情を説明する。

名前に国籍、住所、まだ十八歳で未成年であること。高三の夏休みを利用して、祖母の住むイギリスに遊びに行き、フェリーに乗ることになった経緯まで。

父が骨董商をしていて、私も骨董品の勉強中。骨董品の扱い方が喧嘩の原因だと告げたところで、黒髪の男性の表情が変わった。

「……何か？」

「いや、いい。続けてくれ」

彼の言葉を受けて、気になりつつも話を続ける。

フェリーに乗っていたら嵐に襲われ、デッキから海に落ちてしまったことを話して、私はハタと気づいた。

「そうだ、木箱！　私と共に流れてきた木箱はどこに？」

「ああ、あれか。もちろん回収してある」

「本当？　よかった」

ホッとした私に、黒髪の男性が尋ねる。

「あれの中身が何か知っているのか、アオイ？」

「箱の隙間《すきま》から見えただけだから詳しくはわからないけど、古伊万里だと思う。きっと貴重なものよ。だからお願い、捨てたりしないで」

私は自分の身に危険が迫っても、あの木箱を見捨てることができなかった。あんな状態でよく死ななかったものだと、改めてゾッとする。

そんな私に気づいたのか、黒髪の彼が声をかけてくる。

「アオイ、大丈夫か？」

私は頭を振って、大丈夫と返す。

それより、大事なことを聞いていなかった。

「あ、あの！　そもそも、ここはいったいどこなの？」

先ほどから、自分の口から出た言葉が、不思議な音に変換されている。

ピアス型の翻訳《ほんやく》機による現象なのだろうけど、そんな便利なもの、聞いたことがない。

目の前の人たちだって、悪い人じゃなさそうなのに、いまだ警察を呼ぶそぶりすらない。どう考えてもおかしいだろう。

「ここはどこなの？　私は日本に、家族のもとに早く帰りたいの」

「ニホン……」

「もしかして私が日本人っぽくないから、疑っているの？」

私の髪や瞳は、日本人らしくない淡《あわ》い色だ。その外見が、ずっとコンプレックスだった。

私は唇を噛《か》みながら、黒髪の彼を睨《にら》む。西洋人そのものの顔立ちなのに、真っ黒な髪と瞳を持つ青年。私が欲しくて仕方がなかった色が、目の前にある。

私怨《しえん》にとらわれた私に、彼は予想外の言葉を放《はな》つ。

「残念だが、この世界にニホンなどという国は存在しない」

「は………？」

私は気の抜けた声を漏《も》らす。彼は説《と》き伏せるように、ゆっくりと言った。

「ここはアンレジッド王国。ニホンという国とは、異なる世界にある国だ」

「異なる、世界？」

何を言い出すのかと思えば、違う世界ですって？

私は周囲を見回してから、もう一度黒髪の彼を見据《みす》える。

「笑えない冗談に付き合う余裕は、ないんだけど」

「冗談ではない」

「うそ！　やるなら徹底して。第一、この部屋にある完璧に揃えた英国式アンティーク家具は、なんだって言うの？　どう考えたって、異なる世界の訳がないじゃない！」

「わが国の海には、時おり嵐のあとに異世界からの漂流物が流れ着く。この部屋にはそういったものやそれらを模した家具が揃えられている。決してうそは言っていない。それで……異世界からはこういったものだけでなく、人が流れ着くこともある。アオイ、お前のように」

淡々と放《はな》たれた信じがたい言葉に、私は顔を引きつらせる。

「はは、何言ってるの？　意味わかんない。……ねえ、電話を貸して。あなたがここの責任者でしょう？」

「デンワ？　なんだそれは」

「ふざけないで。ねえ、今頃父が私を探しているわ。お願いだから連絡を取らせて。私を帰して！」

「帰還は困難だ」

「困難？」

先ほどから訳のわからないこと続きで、私の怒《いか》りは頂点に達した。

「どんな意図があるのか知らないけれど、帰らせないなら監禁……犯罪よ！」

「わかった。理解できぬのならば、己《おのれ》の目で確かめるといい」

男性はムッとしたような顔になると、私の腕を引いて立たせた。

「えっ!?　何!?　やめてよ！」

訴《うった》える私を無視し、彼はカーテンがかかる大きな窓まで進む。カーテンと窓を開けると、庇《ひさし》のないバルコニーがあった。照りつける日差しに一瞬目がくらむ。

「見ろ、わが国は世界でも類を見ない、特徴的な国土を有している。お前の生きてきた世界にもあれらが存在するなら、文句を聞いてやろう」

黒髪の男性は、私をバルコニーに押し出した。

——目の前に広がる景色に、私は息を呑む。

「うそ、でしょう?」

がくがくと足が震え、私はその場に崩れ落ちてしまった。

目の前に広がる景色に、圧倒される。

「何、これ。空に……岩が浮かんでる……?」

「浮島《うきじま》と呼んでいる」

私がいる建物は小高い丘の上にあり、丘のふもとには街が広がっていた。街は入り江を囲むような地形で、入り江の先は広大な海。

その海の上空に、巨大な岩がいくつも浮かんでいた。

「なんなの、あれ?」

巨岩の周囲には、雲がまとわりついている。

呆然と岩を眺める私の隣に、黒髪の男性が並ぶ。そして口を開いた。

「ここは、海と浮島《うきじま》に囲まれた王国、アンレジッド。古《いにしえ》から異なる世界と繋《つな》がりを持つ、稀有《けう》な国だ」

そんな国は、知らない。でも、まさか異世界に来ただなんて……

ありえない景色を見せられた今でも、信じられない。

私は隣に立つ彼を見上げて問いかける。

「あなたは、誰？」

「俺は、エドウィン・ハーヴェイ。このアンレジッドの王位を継《つ》ぐ者だ」

「王位を継《つ》ぐって……つまり、王太子様ってこと……ですか？」

「そうだ」

驚いて、彼をまじまじと見つめてしまう。けれど彼——エドウィン王子は、そんな私の視線など意に介さず、しれっと話を続けた。

「アオイ、お前は異世界からの漂流物と共に、この国の浜辺に流されてきた。異世界から流れてきたものは、王家が管理、保護することになっている。慣例通り、王家はお前を保護しよう。しばらくこの王城に滞在したらいい」

保護？　私を？　王城で？

頭がぐるぐるし、考えがまとまらない。

「エドウィン様」

そのとき、金髪の男性が慌ただしくやってきて、エドウィン王子に耳打ちをする。

「わかった、すぐに行く」

王子がそう答えると、部屋にいた人たちが急に動きはじめる。それを見て、私はつられるように立ち上がろうとしたのだけれど――

「あ……」

上手く力が入らず、ふらついてしまう。

とっさに支えてくれたのは、エドウィン王子だった。

改めて見ると、迫力のあるイケメンだ。だが、その目の下には濃いクマがある。

「大丈夫か？　アオイは浜で気を失ってから丸二日、意識が戻らなかったんだ。まだしばらく休んだ方がいい」

「丸二日も？」

「ああ、そうだ。シャイア、あとを頼む」

もっと聞きたいことはいっぱいあったのだけれど、エドウィン王子は私をメイド姿の女性に預けて、立ち去ってしまった。

彼を見送ったあと、私はシャイアと呼ばれた銀髪のメイドさんに連れられ、ベッドに腰かける。

「私はエドウィン様付きの侍女です。アオイ様のお世話を仰《おお》せつかりました。なんでも遠慮なくおっしゃってくださいね」

シャイアさんはそう言いながら、温かい紅茶を渡してくれた。

「まずはゆっくり、喉《のど》を潤《うるお》すようにお飲みください」

「……ありがとうございます」

一口すすると、ほんのりと甘いお茶が、胃を優しく温めてくれた。いい香りに心もホッとする。

「……やっぱり、信じられないよ」

「アオイ様？」

カップを手で包みながら呟《つぶや》く私に、シャイアさんが聞き返す。

「だって、これも知ってる」

手にしているカップに注《つ》がれた紅茶。

この味と香りは、紛《まぎ》れもなくイギリスで飲んだ紅茶なのだ。

「家具、絨毯《じゅうたん》は全部十八世紀の英国式、それにこの紅茶も……。こんなに共通項があるのに、ここは異世界だなんて……」

混乱する私に、侍女のシャイアさんが優しく微笑む。

「アオイ様は、家具や内装についてお詳しいのですね」

「父が骨董商をしていて……私も将来同じ仕事をしていきたかったから」

「まあ、それでは家具だけでなく、他のものにもお詳しいのですか？」

「どちらかというと、美術品の方が得意。美術史の勉強ができる大学に行くつもりだったんだけど……」

帰れなければ、それも夢に終わってしまう。

そんな不安を察したのか、シャイアさんが励ましてくれる。

「エドウィン様が責任を負うとおっしゃっておりました。二十歳とお若いですが、信頼できるお方です。アオイ様が困らないよう手助けをしてくださいます。だから今日のところは、お休みになってください。体が癒《い》えれば、きっと気持ちも前向きになります」

シャイアさんはそう言うと、私の耳に化膿《かのう》止めの薬を塗ってくれる。

エドウィン王子がそこまで信頼できるか、今の私にはちょっとわからない。

彼からは近づきがたい威圧感を感じるし、翻訳《ほんやく》機をつけるためだったとはいえ、無理やり耳に穴をあけられた。今も続く耳の痛みが、彼に対する恐怖をよみがえらせる。ましてや王子様だなんて、どう接したらいいのかわからない。

その後、野菜のスープを少しいただき、私は横になることにした。

寝るまで見守るというシャイアさんの申し出を断って、一人にしてもらう。

すると、あっという間《ま》にまぶたが重くなり、私の意識は沈んでいった。


次に目が覚めたとき、あたりはすっかり暗くなっていた。

私はどれほどの時間、眠っていたのだろうか。ベッドから出て周囲を確認すると、寝る前と同じ、美しい調度品に囲まれた部屋だ。

カーテン越しの月明かりを頼りに窓際へ移動して、カーテンをそっと開けてみた。

「……やっぱり、夢じゃない」

月明かりに照らされた、いくつもの浮島《うきじま》が目に入る。昼間まとっていた雲は消え、ごつごつとした岩肌が露《あら》わになっている。そのところどころに、草木が生《お》い茂《しげ》っているのが見えた。浮島《うきじま》が作る大きな黒い影が、凪《な》いだ海面に落ちている。

それ以上眺めるのが怖くなり、カーテンを閉じて戻ろうとしたとき、隣の棟の通路で人影が動いた。見覚えのある黒髪の青年の後ろ姿が目に入る。

「あ、王子だ」

エドウィン王子は数人の従者を引き連れていた。すると、一人の衛兵が王子に駆け寄り、足を止めて話しはじめた。

何かトラブルだろうか。しばらく観察していると――

「わ、しまった」

ふいに上を向いたエドウィン王子と、目が合った気がした。

私は慌ててカーテンを閉じ、窓に背を向ける。なんだか気まずくて、つい隠れてしまった。

そんな私の頭に、エドウィン王子の淡々とした声がよみがえる。

『帰還は困難だ』

本当に？

私は、異世界とはとても思えない室内を改めて見回す。

「こんな状況じゃなかったら、泣いて喜ぶのに」

美しいアンティーク家具に囲まれているにもかかわらず、私はため息をつく。

「誰でもいい、私を助けて」

そんな弱音を吐いたとき、窓の反対側にある大きな扉の下から、明かりが差しこんでいることに気づいた。

扉の向こうは廊下だろう。

気になった私は、大きな扉までそっと歩く。扉を押すと、簡単に開いた。

「すみませーん、誰かいますか？」

隙間《すきま》から顔を出し、声をかけてみる。

思った通り、外は廊下だった。扉のそばにあるランプが、ほんのりと黄色い明かりを灯《とも》している。

「ふふ、かわいいね」

ランプは猿を象《かたど》った骨董品だった。アーチ状に伸びた尾の先に、小さな明かりがついている。猿はリンゴのような実を取ろうとしていて、とてもかわいらしい表情だ。

その猿を眺めていると、昔、父の店に似たものがあったことを思い出した。アンティークの商品は、動物をモチーフにしたものが多い。

この城には他にも骨董品がありそうだ。わくわくして、城の中を回りたい気持ちに駆られる。

『――キキッ』

空耳だろうか、猿の鳴き声が聞こえた気がした。

私は気になって、鳴き声がした方に足を向ける。

突き当たりを曲がると、廊下の両側には飾り棚があって、ランプと美術品が交互に置かれていた。

「すごい、綺麗」

目にとまったのは、ベネチアングラスの花器。薄い緑色のガラスが、まるで海の波のようで美しい。

『キキィ』

また鳴き声が聞こえた気がして、その方向――足元を見る。そこには先ほどのランプとそっくりな子猿が座り、私のワンピースの裾《すそ》を引っ張っていた。

「わっ、びっくりした。どうしたの？」

まさか本当に子猿がいるなんて、思ってもいなかった。

人間に慣れているのか、私を怖がる様子はない。

キャッキャと導《みちび》くようにワンピースの裾《すそ》を引っ張られて、自然と足を動かす。すると階下に向かう階段があった。

「そういえば、ここはお城だったね」

そんなことを呟《つぶや》きながら階段を下りる。

下の階はホールになっていた。高い天井からゴールドのシャンデリアがぶら下がっている。

「アオイ様！」

名前を呼ばれて顔を上げると、上の階の廊下にシャイアさんがいた。

「部屋にいらっしゃらないので、心配しました。すぐそちらに参りますのでお待ちください」

慌てた様子のシャイアさんを見て、申し訳なくなる。

「勝手に部屋を抜け出したのは、よくなかったね？」

私は肩を落とし、階段の手すりに上《のぼ》った子猿に声をかける。

『キー、キキィ』

子猿は私を真似るように肩を落とす。

そうしているうちに、シャイアさんが階段を下り終えた。

「アオイ様、ご無事で何よりです」

「ごめんなさい。目が覚めたのでちょっと出歩いてしまいました」

私が謝ると、シャイアさんはいいえと首を横に振る。

「本来でしたらご自由になさってかまわないのですが、今は少々城内が混乱しております。衛兵も出払っておりますので、申し訳ありませんが、一度お部屋へお戻りください」

「混乱？　何かあったんですか？」

「精霊が、ひどく騒いでいるのです」

「せい、れい？」

聞き慣れない言葉に困惑し、聞き返す。

「はい。普段は姿を現さない、力の弱い精霊まで目覚めてしまいました。いたずらをしたり音を出したりするので、ちょっとした騒ぎになっております。それでエドウィン様方が対応に追われ……」

「ちょ、ちょっと待って、精霊って？　意味がよく……わ、子猿ちゃん？」

なんの話かさっぱりわからず、詳しく聞こうとする。それと同時に、子猿が手すりの上から私の髪を引っ張った。

「まさか……アオイ様、そこに何かいるのですか？」

シャイアさんは驚いたような表情で、私の周囲をキョロキョロとうかがう。

「……え？」

何って、子猿が――

え？　まさか、子猿が見えてない……なんてことないよね？

私は飛び跳ねる子猿と、シャイアさんを見比べる。

「アオイ様、私は精霊の姿を見ることができません。ですが、気配でしたらかすかに感じられるのです。そこに、何がいるのですか？」

シャイアさんの問いを受けて、今さらだけど、子猿の存在そのものに疑問を抱《いだ》く。

この豪華絢爛《けんらん》なお城の中に、子猿が放し飼いされているなんて、どう考えたっておかしい。

戸惑う私をよそに、子猿は唇をめくりキキキと笑う。

そのとき、私たちの後ろから悲鳴が響いた。

「きゃあああ」

何事かと振り返ると、メイド姿の女性が走ってくる。

「どうしました？」

シャイアさんが逃げてきた女性を抱きとめた。

「振り返ったら水が……廊下が一面、海のように波打っているのが見えて……恐ろしくて」

「海？　どこに？」

私が聞き返すと、彼女は首を振る。

「それが一瞬のことで……、精霊が見せた幻《まぼろし》だと思うのですが……」

「なんということでしょう、ついにこの棟まで」

シャイアさんは震える侍女を抱えるようにして、階段に座らせた。

「とりあえずここは大丈夫だから、落ち着いて。精霊が危害を及ぼすことはないはずです。パニックを起こして事を大きくしてはいけません。衛兵を呼びますから、あなたは一度寮《りょう》に戻って」

二人が話しこんでいると、再び子猿が私の顔を覗《のぞ》きこむ。そして、赤い絨毯《じゅうたん》が敷かれた廊下の奥を指さした。

「あっちに、何かあるの？」

私の問いに、子猿は二度頷《うなず》く。まるで言葉がわかるかのようだ。

子猿の示す方に歩いてみたら、入り口があった。真っ暗で中の様子は見えないが、そこから小さな子供が顔を覗《のぞ》かせている。

私はちらりと後ろを振り向いた。シャイアさんは怯《おび》える侍女をなだめている。

そのとき、子猿が焦《じ》れたように走り出した。

「アオイ様？」

後ろからシャイアさんの声が聞こえたけれど——ごめんなさい。猿を追いかけて、私も駆ける。

なぜかわからないけれど、この不思議な子猿が、私をどこかへ導《みちび》いているような気がするから。

さっき見つけた入り口をくぐると、トンネルみたいな通路になっていた。先ほど見たときには真っ暗に見えたけど、今は不思議と中の様子がわかる。市松《いちまつ》模様の床に大理石の壁、そして両端に調度品が並ぶ、不思議な空間だ。

ぐるりと見回してみたけれど、先に入ったはずの子猿の姿が見えない。その代わりとばかりに、白い服を着た天使のような小さな子供たちが出迎えてくれた。彼らはにこにこと微笑みながら、揃って同じ方向を指さす。

その先には、ガラスケースに入った陶磁器《とうじき》製の天使の像があった。

「これって、あなたたち？」

さして深く考えずに口から出た言葉に、子供たちが頷《うなず》く。

――この現象を、どう受け取ったらいいのか、わからない。だけど、不思議と怖くなかった。

彼らに促《うなが》されるように、私はさらに奥へ進む。

そこに並ぶ調度品は英国式だけでなく、フランスやトルコ、日本のものなど、多様だ。

その通路を通り抜けると、天井の高い円形のホールがあった。

ホールの壁際には、いくつもの像が部屋を取り囲むように並んでいる。ギリシャ彫刻、ルネッサンス時代のもの、そして遺跡から持ち出したのかと思うほど古いものまでずらりと並び、まさに壮観。私は圧倒されつつ、ふらふらと足を進める。

広いホールの最奥に、三メートルほどの大きな扉があった。

その両脇を守るかのように中世の鎧《よろい》が置かれ、向かい合って剣を掲《かか》げていた。

「ええと、ここ、宝物庫なのかな？」

いかにも入ったらダメですよと言いたげな扉と門番を前に、そんなことを考える。

尋ねながら振り向くと、いつにまにか天使の子供たちがいなくなっていた。

「ちょっとぉ、案内しておいて逃げないでよ」

そのとき、ギギギと重く軋《きし》む音がした。

正面に向き直ると、なんと鎧《よろい》騎士が動き出し、重厚な扉を押し開こうとしている。

「……うそ」

いよいよ自分の目がおかしくなったのか。そういえばスープを飲んだだけで、溺《おぼ》れて以来ろくに食べていない。空腹と疲労のあまり、幻覚を見ているのかもしれない。

そんなことを考えていると、私が歩いてきた通路から大勢の人がやってくるのが見えた。

その先頭にいるのは、黒髪のエドウィン王子。彼は厳しい表情だ。

「や、やばいかも。なんで勝手に出歩いているんだって、めちゃくちゃ怒られそう」

私がとっさに隠れる場所を探していると——

「ぎゃあー!」

何者かに背中を押され、開いた扉の中へ倒れこんでしまった。

ギリギリのところで手をついて、顔から大理石にダイブするのは回避したものの、かなり格好悪い状態だ。

「いたた……誰よ、背中を押したのは!」

うめきながら顔を上げると、目の前に金縁《きんぶち》の台座があった。

その上に置かれているのは、美しく大きな白磁の壺《つぼ》。

「なんて、見事な大壺《おおつぼ》」

前面に大きく描《えが》かれているのは、橘の木。たわわに実った果実には、色鮮《いろあざ》やかな彩色が施《ほどこ》されている。

もっとよく見ようとしたところで、台座の後ろに置かれた木箱に気づいた。

「これ……そうか、これがあの箱の中にあった壺《つぼ》なのね。思っていた以上に、綺麗な品。傷は？　海水に浸《つ》かっちゃったけど、大丈夫かな？」

こんな逸品《いっぴん》に傷でもできていたら大変だと、状態を観察する。

果実が実る絵の反対側は、白くかわいい花を咲かせた絵柄だった。満開の花と果実の二つの絵柄――季節によって、壺《つぼ》の向きを変えて飾っていたに違いない。

橘には、不老長寿や魔除《まよ》けの力があると考えられている。桃の節句では桜とセットで飾られ、左《さ》近《こん》の桜・右近《うこん》の橘と称されたりもするのだ。

「きっと縁起物ね。対《つい》になる桜柄のものがあったのかもしれないな……」

我慢できずに壺《つぼ》に触れたとき、異変に気づいた。

圧迫感を感じるほど、数多くの気配に囲まれている。だが、周囲は薄暗くて、数メートル先はよく見えない。

必死に目をこらすと、薄闇《うすやみ》の中にたくさんの目が浮かび上がった。

「きゃあああっ！　ゆ、幽霊、お化け」

私は腰を抜かして尻餅をつく。そのまま逃げようと後ずさるが、なかなか進めない。

「アオイ、どうした？」

駆けつけてくれたのは、衛兵を引き連れたエドウィン王子。

彼から隠れようとしていたことも忘れて、私は半べそをかきながら彼にすがった。そして必死に周囲を指さす。

「あ、あれ見て！　目‼　目がいっぱい！」

『お姉さん、いい反応だねえ』

一つの目がひょっこり目の前に現れ、そんなことを言う。

突然のことに悲鳴も出せず、私はエドウィン王子の背に逃げこむ。

「な、ななな、何あれ！」

「アオイ、落ち着け」

よく見ると、それは鬼の面をつけた子供だった。

私の反応を見て、その子供が笑う。

『あははは、驚いてる』

『珍しい、言葉が通じる娘がいるな』

今度は大きな白い蛇《へび》――うわばみが現れて、そう喋《しゃべ》った。うわばみが私の目の高さまで鎌首《かまくび》をもたげて、しゅるると舌を出し入れする。

そういえばうわばみの言葉で気がついたが、鬼の面をつけた子供もうわばみも、日本語を話している。翻訳《ほんやく》機が変換をしていないが、意味がわかった。

どうなっているのかわからず、私は目も口も丸くしてキョロキョロするしかない。まさか仮装大会じゃないよね？

そんなことを考える私に、またも何かが近づいてくる。

『あらまあ、年頃の娘がはしたない』

私を非難したのは、口元を扇《おうぎ》で隠した西洋貴婦人。その隣にいる花魁《おいらん》姿の日本美人が、貴婦人に声をかける。

『へえ、年頃だって？　ずいぶんと発育が足らないみたいだけどねえ』

花魁《おいらん》は長い煙管《キセル》を咥《くわ》え紫煙《しえん》をくゆらせながら、にやにや顔で私の胸を見下ろした。

失礼な発言にカチンときて、私は口を開く。

「は、発育が足らなくて悪かったわね」

『負けん気が強い女子は、嫌いじゃない』

にやりと笑う花魁《おいらん》に、私は舌を出した。

すると盾《たて》になっていたエドウィン王子が、私の肩を叩いてため息をつく。

「落ち着けと言っているだろう。お前が見ているのはおそらく、ここに収められている骨董品に宿《やど》る精霊たちだ」

「精霊って、これがですか？」

『これだなんて、ずいぶん失礼な子ね』

「ちょっと黙ってて」

話に口を挟んでくる西洋貴婦人に文句を言うと、周囲からブーイングが起こる。彼らが本当に精霊だというのなら……ちょっと俗《ぞく》っぽすぎやしないだろうか？

それはさておき、私はエドウィン王子を捕まえて問い詰める。

「精霊だなんて、うそですよね？　あんなにはっきり見えて、喋《しゃべ》っているのに？」

「お前以外には見えていないし、声も聞こえていない」

「見えてないって、そんな馬鹿なこと……」

私は後ろを振り返る。

エドウィン王子が連れてきた男性たちは、私の周囲を見回して困惑していた。彼らにも子鬼たちが見えていて、そのせいで動揺しているのかと思っていたのだけれど、言われてみれば様子がおかしい。

子鬼や蛇《へび》、貴婦人たちが、衛兵たちにちょっかいを出しているにもかかわらず、衛兵の視線はキョロキョロと泳いだままだ。

エドウィン王子も私をまっすぐ見るのみで、子鬼やうわばみたちに視線を向けもしない。

「わかったか？」

「な、なんとなく」

「この棟には、アオイと同じ世界から流れ着いたものを収めている。それらはすべて長い年月を経て精霊を宿《やど》した、特別な品だ」

「やっぱり、本物の骨董品だったんですね」

ここまでの道すがら見てきた品々を思い起こす。

『ねえ、あんた。この色男の話している言葉がわかるのかい？』

花魁《おいらん》のお姉さんが、驚いた様子で私に聞いてくる。

すると他の精霊たちも、触発されたように私に近づいてきた。

「わ、ちょっと、押し寄せないでよ」

驚いた拍子に後ずさると、エドウィン王子にぶつかる。彼も少々驚いた表情で、周囲を警戒しはじめた。

――あれ？　もしかして、王子も見えているの？　それとも私の反応から身構えてるだけ？

『ねえ、私らはこっちの世界の言葉がわからないのさ。話が通じるなら、その人に伝えておくれよ』

「え、あ、うん」

押し切られるように返事をしたら、花魁《おいらん》がにんまりと微笑んだ。

『この御仁《ごじん》の封印を解いておくれ』

花魁《おいらん》が指さしたのは、橘の柄の壺《つぼ》。

「……え？」

『この御仁《ごじん》から溢《あふ》れる神通力《じんつうりき》の影響で、私たちはこうして姿を現すことができた』

「神通力《じんつうりき》？」

『こうして自由に意思を伝え、お嬢ちゃんを呼ぶことができたのは、そこの橘の御仁《ごじん》がここに来たから。まさに神に通じる力と呼ぶにふさわしかろう』

とぐろを巻いたうわばみが、花魁《おいらん》のあとを続ける。

『しかし困ったことに、誰が語りかけても、橘の御仁《ごじん》は返事をしない。きっとそこの男が、何か怪《あや》しげな道具を使って御仁《ごじん》を封印したに違いない。だからその男に封印を解くよう伝えてくれ』

怪《あや》しげって……どっちもどっちのような気がするけれど。

振り向くと、エドウィン王子が苛立《いらだ》った表情で私を見下ろし、口を開いた。

「アオイ、精霊たちはお前と同じ世界から来た。彼らの言葉の意味がわかるのだろう？」

「え、あ、はい」

「なら俺の言葉を伝えろ。精霊といえども、急に目覚めて城中《しろじゅう》をうろうろされては困る。精霊の姿が見えない者たちが、精霊たちのいたずらや気配に怯《おび》え、まったくもって仕事にならない。言いたいことがあれば今言え、と」

なるほど、事情はだいたいわかった。橘の壺《つぼ》の力によって活発になった精霊たちに、城の人々は困っている。その一方で精霊たちは王子が壺《つぼ》に何かを施《ほどこ》したと疑い、訴《うった》えがある。

そしてどうやら双方、私に通訳を望んでいるようだ。

私はハッとしてうわばみに尋ねる。

「もしかして、そのために私をここに呼んだの？」

『もちろん、お前はこの御仁《ごじん》の連れだろう？　それだけでなくあちらとも話が通じるとは、これ僥倖《ぎょうこう》。ほれ、早《はよ》う伝えよ』

伝えよって、偉そうに！

なんだかモヤモヤした気持ちで口をつぐんでいると、エドウィン王子も急《せ》かしてくる。

「おい、ちゃんと話をしているのか？」

王子と精霊に挟まれ、私はムカつきを抑えられない。

溺《おぼ》れて訳のわからない場所に流れ着いたと思ったら、帰れないって言われたのよ。助けが欲しいのは私の方だってば！

「アオイ？」

『早《はよ》う、伝えてくれ』

王子とうわばみに同時に迫られ、私はプツンとキレた。

「ああ、もう、うるさーい！　両側で一度に喋《しゃべ》らないで！」

思わずそう叫び――青ざめる。

相手は衛兵を引き連れた王子様で、命の恩人だ。彼の衛兵たちも、突然の私のキレっぷりに驚いた顔で、主《あるじ》の反応をうかがっている。

当の王子様はと言うと、かすかに頬を引きつらせながら、黙って私を見下ろした。

「あ、いえその、ええと」

勢いだけの強気が、一気にしぼんでいく。

王子はため息をつき、なぜか衛兵に部屋を退室するよう指示する。衛兵たちは王子に言われた通り退室していく。

宝物庫に残ったのは、私とエドウィン王子、それから王子の側近らしき金髪の男性だ。

精霊たちは、相変わらず宝物庫に溢《あふ》れんばかりに漂《ただよ》う。

なんだろう、いきなり人払い？　少し怖い。

王子から逃《のが》れるように目線を落とすと、床に落ちている光る何かが目に入った。それは、宿《やど》り木を模したシルバーのブレスレット。そういえば手首についていなかった。木箱に引っかかったまま、こちらに運びこまれたのだろう。

「こんなところにあったのね。よかった」

私がブレスレットを拾い、左手首にはめようとしたとき――

「アオイ！」

低い声でエドウィン王子に名前を呼ばれ、すくみ上がる。え、盗もうとしていると思われた!?

「ごめんなさい、でもこれは私のもので――」

「そうじゃない、後ろだ！」

振り返る間《ま》もなく、白く透《す》き通った手と、浅葱色《あさぎいろ》の袖《そで》が目の前をよぎる。

『うるさい、いい気分で寝ておったのに』

その声と共に、大きな何かが私の隣にやってきた。

エドウィン王子と私の間に浮かんでいるのは、私よりも背が高く、長い黒髪の男性。

平安装束《しょうぞく》姿の彼は、長い髪を揺らしながら、周囲を見回した。

『この娘を困らせるな、精霊ども』

賑《にぎ》やかだった精霊たちが、その一言で、黙って後ずさる。その様子から、装束《しょうぞく》姿の彼は相当力が

強いのだろうとわかった。多分、先ほど他の精霊たちが話題にしていた御仁《ごじん》――橘の壺《つぼ》の精霊。

『お前もだ』

彼はエドウィン王子を見下ろして、ぴしゃりと言った。

「アオイ、精霊たちが活気《かっき》づいた元凶は、この精霊だな？」

エドウィン王子が視線を投げかけた先には、平安装束《しょうぞく》の精霊。彼をしっかりと見据《みす》える王子の仕草に、私はやっぱりと確信した。

「あなたにも見えているの……見えているんですね」

言葉の途中で、相手は王子だったと気づいて丁寧に話す。

エドウィン王子は眉を寄せてから、観念したように頷《うなず》いた。

「エド、ちょっと迂闊《うかつ》じゃないか？」

咎《とが》めるように王子に声をかけたのは、人払いのあとも残っていた、金髪で褐色肌《かっしょくはだ》の男性。王子を愛称で呼ぶ上に、びっくりするほど気安い話し方だ。

「クレメンス。これほどの『愛し子《いとご》』相手に、隠しても無駄だろう」

金髪の彼をクレメンスと呼び、ぶっきらぼうに返事をするエドウィン王子。

再び私を見た王子は、すっかり元の硬い表情に戻っていた。知らない単語――『愛し子《いとご》』という言葉が気になったが、聞ける雰囲気ではない。

「アオイ、たしかにお前の言う通り、俺には精霊たちの姿が見えている。それを知るのは、家族以外はこいつ――側近のクレメンスとシャイアくらい。他の者には他言無用だ。拒否は受け入れない」

「わ、わかりました……けど、どうして？」

「理由は追々《おいおい》説明する」

王子の厳しい表情と声に加えて、目元の濃いクマが凄《すご》みを強めている。

王子の威圧感に押されて、私は頷《うなず》いた。

「それで、なんて伝えるんでしたっけ？」

「俺は姿を見ることができて声も聞こえるが、言葉の意味がわからない。精霊たちが話しているのは、お前の世界の言葉だろう。何を言っているのか理解できないし、こちらの意志を伝えることも不可能。だからアオイは俺の言葉を翻訳《ほんやく》してくれ――騒ぎを収めろと」

それでようやく、私は本題を思い出した。

「彼に、少し話を聞きながらでもいいですか？」

「ああ」

エドウィン王子は頷《うなず》くと、二歩ほど下がる。

私は改めて、浅葱色《あさぎいろ》の装束《しょうぞく》姿の男性に向き合った。

「あなたが、橘の壺《つぼ》の精霊？」

『ああそうだ、蒼衣』

「私の名前を知っているの？」

『もちろん、氏子《うじこ》の名は忘れぬ』

氏子《うじこ》とは、土地の守り神である氏神《うじがみ》を祀《まつ》る地に生まれた人々のことだ。

「氏子《うじこ》？　あなたは神様なの？」

『いいや、私はあくまでも大壺《おおつぼ》の精霊。氏神《うじがみ》に預けられた願いに関わり、長らく社《やしろ》に祀《まつ》られたせいで、他のものよりも多くの神力を得ている』

なるほど。私の名を知っていることについては疑問が残るけれど、とりあえず王子に頼まれた件を先に進める。

「話は変わるけど、他の骨董品たちはあなた、ええと……」

『橘と呼べ』

「わかった。橘がいるせいで他の骨董品たちが活性化したって聞いたけど、それは本当？」

橘は少しだけ考えたあと、頷《うなず》いた。

『そうかもしれない。だが世界を渡った影響で、私はしばらく眠りについていた。私の与《あず》かり知らぬ間《ま》の出来事だ』

「寝てただけなの？　でも他の精霊たちは、あなたが封印されているんじゃないかって言っていたよ？」

それを聞いて、橘が声を上げて笑う。

『それはない。私を封じられる者がいるのなら、会ってみたいものだ。ただ……この部屋には、精霊たちが外に出られぬようにするための仕掛けが、いくつか施《ほどこ》されているようだがな』

「エドウィン王子が言うには、私たちがこちらに来て以来、精霊たちが外に出てみんなを驚かせてしまっているんですって。それでパニックになっているみたい」

そこで、エドウィン王子が痺《しび》れをきらしたかのように、話に割って入ってきた。橘の言葉はわからないものの、私の話を聞いて会話の断片を理解したようだ。

「原因がそいつならば、鎮《しず》めるよう言ってくれ、アオイ」

ふわふわと浮いている橘に、王子からの言葉を告げる。

すると周囲の精霊たちがざわついたが、橘が軽く手をひらりと振るだけでそれを収める。

『たしかに、私が眠っていた間に溢《あふ》れた神気が影響を及ぼしたかもしれない。だがせっかく得た力を活《い》かさぬ者はいまい？　言うなれば、立ち上がった赤子に歩くなと言うようなもの』

なるほどたしかにと頷《うなず》き、私は王子に橘の言葉を伝える。

「……って、言ってますけど」

「個々の望みがあれば極力叶えると約束する。その代わり、城内での不用意な徘徊《はいかい》は控《ひか》えるよう伝えてくれ」

私がエドウィン王子の言葉を繰り返すと、精霊たちは一転して晴れやかな表情になった。

みんなそんなに望みがあるのだろうかと私が首をかしげると、うわばみが説明してくれる。

『我らはみな、それぞれ望みを持つ。望みと精霊の力、そしてそのとき本体があった場所の力が合わさって、ここに流れてきた。望みは様々で、知らない世界を見たいという好奇心だったり、自分の持ち主に対する不満から解放されたいというものだったり、気の合う持ち主に出会いたかったり――とまあ、十人十色《じゅうにんといろ》だ』

宝物庫に収められた骨董品たちは、何かしらの希望を持って世界を越えてきたのだという。

『あんたも同じだろう、橘の御仁《ごじん》？』

うわばみは目を細めて、笑っているような表情で橘を覗《のぞ》きこむ。

橘は険《けわ》しい表情で頷《うなず》いた。

『私も目的があってこちらへ来た』

「そう、なんだ？」

じゃあやっぱりここは、本当に異世界なのか……

浮島《うきじま》を見せられてなお信じたくなかった現実を、思い知らされる。

私は橘を見上げて、問いかけた。

「こちらに渡ってきたいと願った橘の巻き添えになって、私はここへ来たの？」

『そうだな。しかし、あのときは仕方がなかった。放置したら蒼衣は海の底に沈んでいただろう』

「それは、そうだけど……」

もやもやとしたものが、胸に渦巻《うずま》く。

うわばみはそんな私などおかまいなしに、話を続ける。

『我らが新たな持ち主を得る手助けを、この世界の者が請《う》け負ってくれるなら、言う通りにしよう。聞けば、以前は仲介者がいて、新たな持ち主のもとへ旅立てたというではないか。ここで世話になりながら、同胞《どうほう》を見送ることはみなの喜びだったと。それがいつにまにか旅立つ者はいなくなり、新たに加わる者ばかり。閉じこめられているため、みな退屈しておる。以前のように面倒を見てもらえれば、こちらとしては言うことはない。すぐさま旅立つことはできずとも、外の空気を吸いたい』

うわばみの言葉を伝えると、王子は頷《うなず》いた。

「わかった。なるべく早急に対処しよう」

以前は、ここアンレジッド王国に流れてきた品物たちは、新たな持ち主を得て、この世界の各地に散らばっていったのだという。最近はそれがおこなわれていないが、かつてのように新たな持ち主に出会い、外の世界に出ていくことが彼らの望みらしい。それを求めて、この世界に自《みずか》らやってきたと――

つまり私だけが、望まないのに流れてきたのだ。

望んでこちらへ来たものたちと、連れてこられた私。

とたんに、孤独と不安に襲われる。

賑《にぎ》やかな骨董品の精霊たちに囲まれているのに、すっと心が冷えた。

『ところで今度の仲介者は、この娘か？』

『それはちょうどいい、なにせ私たちの言葉がわかる上に、こちらの者とも言葉が通じる。この世界でそういう人間は貴重だからな』

私を指さし、頷《うなず》き合う精霊たち。

訳のわからない話に、私を巻きこまないでほしい。

そう文句を言おうとしたところで、エドウィン王子まで勝手なことを言い出した。

「アオイ、ちょうどいい。今、店主がいない骨董品店《アンティーク》があるんだ。そこの店主をやりながら、お前が精霊たちと我々を取り持ってくれ」

「私が？」

唐突な無茶ぶりに、心が凍《い》てついた。――みんな好き勝手言って、私の気持ちはおかまいなしだ。

「そうだ。精霊の姿が見え、声が聞こえる。それに言葉が通じて、通訳ができるんだ。これ以上の適任者はいまい……おい、アオイ？　何をやっている、やめろ！」

私はエドウィン王子の制止を無視し、強引につけられたピアスに手をかける。

このピアスが異世界の言葉と地球の言葉を翻訳《ほんやく》している。ならばこれを、私以外の人が使えばいい。

「じゃあ、翻訳機《ほんやく》はお返しします。王子がこれをつけて彼らの話を聞けばいいじゃないですか。私はいつまでもここに滞在するつもりありません。――元の世界に帰りたいんです！」

「待て、傷が広がる！」

「大丈夫です、外した方が早く塞《ふさ》がります！」

「アオイ、落ち着け。言葉がわからなくなって困るのはお前自身だ」

「もう充分困ってます！　私は望んでここへ来たんじゃないんですもの」

「アオイ！　待て……○△☆！」

ピアスを外したとたん、再び彼の言葉が理解できなくなる。

外したピアスを、エドウィン王子に投げるように押しつけた。

そして王子の声を無視し、宝物庫を飛び出す。

外で待っていたシャイアさんが、私の勢いに目を丸くした。そして私の腕を掴《つか》んできたけれど、私はかまわずに歩き出す。

「安心して。部屋に戻るだけだから」

「☆○○」

あとをついてくるシャイアさんを振り返らずに来た道を戻り、元の部屋に入るとベッドにもぐりこむ。だってそれしか、私にできることはなかったから。

布団の中で膝を抱え、嗚咽《おえつ》を漏《も》らす自分が情けなく、消えてなくなりたいくらいだった。

八つ当たりだってわかってる。それでも寂しくて悲しくて、孤独な現実がのしかかり、とても怖かった。


泣きながら、少し眠ってしまったらしい。

目を覚ますと、部屋はカーテン越しの朝日によりほんのり明るかった。

あたりを見回すと、ベッド脇の椅子にシャイアさんが座っている。彼女はこくりこくりと船をこいでいた。

「……シャイアさん」

まさかあれからずっと、そばについていてくれたのかしら。

シャイアさんがこくりと揺れた拍子に、ひざ掛けが落ちそうになる。手を伸ばしてそれを受け止めると、気配を察したのか彼女が起きてしまった。

シャイアさんは私を見て、何かを話しだす。

「○☆！　◇×☆？」

「言葉はわからないけど……私は大丈夫だよ、シャイアさん」

お世話になっているにもかかわらず、彼女が仕《つか》える主《あるじ》に暴言を吐いて、逃げてきてしまった。不興《ふきょう》を買ってもおかしくないのに、シャイアさんの表情は穏やかで、今までと何も変わらない。

しかも私の手を握《にぎ》り、もう片方の手で背中を撫《な》でてくれる。

心配いらないと、安心させようとしてくれているみたいだった。

「ごめんなさい、我儘《わがまま》でした」

シャイアさんは微笑んだまま、そっと首を横に振る。

言葉は通じなくとも、私が謝っていることは察してくれているようだ。

心配を、かけてしまった。

エドウィン王子も彼女も、どこの誰ともわからない私を、保護してくれただけなのに。

しっかりしなくちゃ。私は自分の頬を両手で叩き、ベッドから出たのだった。

シャイアさんをはじめとする侍女さんたちに世話を焼いてもらいながら、仕立てのいいワンピースに着替えて、朝食をいただく。

ずっしりと重いカトラリーは、細工が見事な銀製だ。

食事はというと、柔らかく焼き上げたパンと甘いジャム。それからハムのような肉の加工品を焼いたものを少しと、野菜のスープ。どれも美味《おい》しく、食べ慣れたものとさほど違いがないのが、嬉しかった。

ぺろりと平らげたあとに出してくれたのは、温かい紅茶。

ホッとした時間が流れはじめたとき、エドウィン王子の側近が部屋を訪ねてきた。

彼は確かクレメンスと呼ばれていたはず。

彼はにこやかに微笑み、通じない言葉を紡《つむ》ぎながら、周囲をキョロキョロと見渡す。

どうしたのだろうかと見守っていると、彼の背後から、小さな人影がふわりと現れた。

よく見れば平安装束《しょうぞく》の美形――橘だ。手のひらに乗るほどのサイズに縮んでしまっている。

「橘？　どうしたの、その姿は」

『体の大きさは自由自在に変えられるのだ。動き回るのに、小さい方が便利だし気づかれにくいからな。それより蒼衣。お前の誤解を解いておこうと思って、この者についてやってきた』

橘は日本語を話しているので、言葉が通じる。私はホッとしつつ、気になる単語を繰り返した。

「誤解？」

すると、橘が私の口に指を立てた。

『ここの者たちには、聞かれぬ方がよかろう。お前の今後のことだから』

今後のこと――？　私は不安に駆られながら、宙に浮く橘を見上げる。

「今は言葉は通じてないわ。翻訳《ほんやく》機のピアスを外してしまったから」

『そうか、ならば都合がいいな』

私は頷《うなず》き、彼に続きを促《うなが》す。すると橘は浅葱色《あさぎいろ》の袖《そで》をひるがえし、私のそばに来た。そしてクレメンスさんの目を気にしながらも、真剣な面持《おもも》ちで言った。

『蒼衣、元の世界に帰りたいか？』

もちろん、私は何度も頷《うなず》く。

『帰る方法はある』

「本当？」

思わず身を乗り出して聞き返すと、橘は微笑みながら頷《うなず》いた。

でもどうやって？

『私が帰す。だが、すぐにとはいかぬ』

「何をすればいい？　どれくらい、待てばいい？」

私は逸《はや》る気持ちを抑え、彼の返答を待つ。

『今すぐではない。私一人ではまだ力が足りない。だが先にこの世界に来ているはずの、私の半身を見つければ、蒼衣を帰すくらいはできるだろう』

半身って、もしかして……

『私は半身を求めてこの世界に渡った。蒼衣を守るために巻きこむことになったが、無事に来られたのは奇跡だろう。もしかして、蒼衣もこの世界と縁《えにし》があるのかもしれない』

私とこの見知らぬ世界に、縁《えにし》が？

「そんなの、あるわけないよ」

『本当に？』

橘のその言葉に、なぜか胸が騒ぐ。

『まあ、私は――半身の「さくら」さえ見つかれば、それでいい。共に作られた大壺《おおつぼ》で、大事な片割れ……妹なのだ』

「さくら……やっぱり！」

左近《さこん》の桜・右近《うこん》の橘。対《つい》で作られた大壺《おおつぼ》だったんだ。

『さくらは元々、私と共に社殿で祀《まつ》られていた。仲のいい兄妹《きょうだい》で、妹は私がいないと何もできない――かわいい妹なのだ。しかし十年ほど前、盗難にあってな。離れてしまったが気配を感じるから、ずっと探していた。様々な人の手に渡るために、騒いだり力を使ったりと励んだものだ』

その言葉にハッとして、私は橘を睨《にら》む。

「そんなことをしていたから、呪《のろ》いの壺《つぼ》だなんて言われて、捨てられたのね」

『そう睨《にら》むな。――必死だったのだ。三年ほど前、さくらの気配がふと消えてしまった。それでも諦めずに探しているうちに、あの海のあたりで異なる世界とさくらの気配を察して、世界を渡ったという訳だ』

事情を聞いた私は、驚きながらも納得して頷《うなず》く。

すると橘はあらたまった様子で口を開いた。

『ここでもかすかにさくらの気配を感じるが、はるか遠い。この世界の人間と交渉し、さくらを呼び寄せるためには人間の協力が必要となる。さくらが見つかれば、蒼衣を元の世界に戻すこともできる。蒼衣、互いのために協力し合おう』

「王子に言われた通り骨董品と人間の間を取り持てってこと？」

『ああ、そうだ』

まさか橘にまでそう言われるとは思わず、私は困惑する。

「……さくらが見つかった後、必ず私を元の世界に帰してくれるの？　確証は？」

『ある。こればかりは、証明しろと言われても難しいが』

「……そう」

『あの男同様、信用できぬか？』

はいとも、いいえとも、答えることができなかった。

本当に帰れるなら、願ってもない。けれど、いくら共に異世界トリップした仲といえど、相手は人間ですらないのだ。信用していいのか迷いがある。

そんな私の様子を見て、橘はフッと笑うと、とんでもないことを言い出した。

『斎藤蒼衣、三歳。お父さんと同じ骨董品屋さんになれますように』

え？　身に覚えのある願い事に、私は動揺する。

『――これは三つの参拝のときに、母にせがんで絵馬に書かせた願いか』

「ちょっと、なんでそんなこと知ってるのよ！」

『お兄ちゃんにケンカで負けませんように。――これは五つか、ひらがなを間違えていたな』

羞恥《しゅうち》で体がカッと熱くなった。しかも橘がそんなことを言いだした理由もわからず、困惑する。

「や、やめてよ、恥ずかしい！」

『七つは……』

「そ、それだけはやめて」

さらに恥ずかしいことを言われるとかまえたところで、橘はしばし黙りこんだ。そしてぽつりと呟《つぶや》く。

『あれは……さくらが、盗まれた年だった』

私はハッと息を呑み、橘の顔を見る。そこに影を感じて、迷った末に小さく言った。

「……寂しい、よね」

『耐えられないほどに』

今なら私にも、橘のその気持ちがわかる。

当たり前のようにあった、私の生きるべき世界。そこから切り離された今だからこそ——

『七つのとき、蒼衣はかわいい着物《べべ》を着せられて、七五三のお参りに来たな』

「七五三かぁ、懐《なつ》かしいな」

ふいに思い出す、社《やしろ》の中の景色。

大きな太鼓《たいこ》があって、錦《にしき》の布が風になびいていた。その奥の祭壇脇にあった二つの大きな壺《つぼ》が、脳裏によみがえる。

二つの大壺《おおつぼ》はどちらも花が咲いた木が描かれていた。まさか……

「あれが橘だったのね……。昨日はそんなこと言ってなかったじゃない」

『徐々に思い出したのだ、昨夜は寝起きだったからな。共に世界を越えるほどの縁《えにし》が、かくもたやすく結べたのは、七五三参りがあったおかげだろう。私自身も驚いている』

橘は納得したように頷《うなず》くけれど、私は釈然《しゃくぜん》としない。

「きっちりお参りしたんだから、もっと守ってくれたらよかったのに。例えば、助けて向こうに置いてきてくれるとか」

『死なせなかっただけでも感謝してもらいたいが、まあいい。だから協力すると言っているのだ。さくらを取り戻してくれれば、対価としてお前を向こうに戻してやる』

橘は自信満々の笑みを浮かべる。

私は橘を信じ、彼の提案を受け入れることにした。

「一緒に探すよ、さくらを。でもどうやって？」

その質問に、橘はあっさり答える。

『精霊たちが教えてくれた。店をやれば骨董品たちを求める人間たちと、繋《つな》がることができる。その中に、さくらの行方《ゆくえ》を知る者がいるはずだと』

「だから、エドウィン王子の手伝いをしろということね」

『そういうことだ』

帰れるかもしれない。ならば、まずは私にできることをやってみよう。わずかながら望みが繋《つな》がったことに、私は心底ホッとする。

すると頃合いを見計らっていたのか、クレメンスさんが話しかけてきた。

「○●×？」

彼の言葉はさっぱり理解できないけれど、話は終わったかと聞かれている気がする。王子と違って、彼はとても表情が豊かでわかりやすい。

とはいえ、翻訳《ほんやく》ピアスがないと本当に不便だ。突き返したのは自分なのに、今さら後悔する。

するとシャイアさんが、私とクレメンスさんの間に入ってきた。そしてエプロンのポケットからカメオの小物入れを取り出すと、蓋《ふた》を外して私に差し出す。

「これって……」

中に入っていたのは、昨日外した翻訳《ほんやく》機のピアス。

シャイアさんが微笑んで頷《うなず》く。

私はピアスをつまみ上げ、再びあの痛みと戦う決意をした。

――結論から言えば、かなり痛くて涙が出た。

けれどシャイアさんが氷を用意してくれて、充分に冷やしてから通してくれたおかげで、なんとかピアスをつけることができた。

一仕事終え、私たちはテーブルにつく。

「お世話をおかけしました」

改めてシャイアさんに謝ると、彼女は「大丈夫です」と笑顔で言う。

クレメンスさんにも、エドウィン王子への非礼を詫《わ》びて、王子の申し出を受けることを伝える。

すると彼は笑顔で喜んでくれた。

「そうか、それはよかった！　エドが起きたらさっそく伝えないと。あいつに内緒で精霊を連れてきた甲斐があった」

「まあ、エドウィン様から了承を得ずに、アオイ様のもとへいらしたんですか？」

シャイアさんが咎《とが》めるように尋ねる。クレメンスさんは彼女に弱いらしく、タジタジといった雰囲気だ。

「いや、エドはここ数日まったく寝られなかっただろう。だから少しでも寝かせてやりたくて」

「寝られなかった？」

私は思わず会話に割って入ってしまった。

そんな不躾《ぶしつけ》な態度も気にせず、クレメンスさんは「そうなんだよ、聞いてくれ」と訴《うった》えてくる。

「ここだけの話だけどな。あいつも『精霊の愛《いと》し子《ご》』だから、ここ数日の騒ぎで眠れなくてまいってたんだ。宝物庫の精霊たちは、相当な曲者《くせもの》揃いなんだってな。エドが見えるとわかってから、毎晩やってきては何かを訴《うった》えていたらしい。声は聞こえるけど言っていることはまるで理解できないエドにしてみりゃ、騒音以外の何物でもないって」

「精霊様たちを無下《むげ》にはできませんもの」

シャイアさんの言葉を聞いて、私は自分の態度を振り返る。あまり、精霊を敬《うやま》っていなかったような……大丈夫かな？

いやそれより、さっきからよくわからない単語が出てきている。

「ええと、ところでその『精霊の愛《いと》し子《ご》』って何？　エドウィン王子も口にしていた気がする」

私が尋ねると、シャイアさんとクレメンスさんが顔を見合わせる。

「そうか、そこから説明しなくちゃならなかったか」

「この世界では精霊の存在が一般的に認識されていますが、ほとんどの者は姿を見ることも声を聞くこともできません。『精霊の愛《いと》し子《ご》』とは、アオイ様やエドウィン様のように、精霊の姿を見たり、言葉を聞けたりする者のことを言います。そういった者たちに、精霊たちは特別な恩恵《おんけい》を与えるのだそうです」

ああ、なるほど。でも安眠を妨げられるほど頼られるなんて、むしろ災難では？

「それで極めつけが、その壺《つぼ》の精霊」

クレメンスさんは適当に指さすものの、橘がいるのはあさっての方向だ。苦笑いを浮かべつつ「あっちです」と指摘してみる。

「ああ、そっちか。昨夜、他の精霊たちは静かになったものの、その壺《つぼ》の精霊はエドのところにくっついて来たらしいんだ。で、エド曰《いわ》くずっと騒ぎ続けたらしい。きみを怒らせたのが悪かったんだろうと思って、エドが寝た隙《すき》に適当に手招きして、こっちに連れてきたってわけ。まあ、成功するかはわからなかったけどね。なんせ俺は精霊がまったく見えないし、感じないからね」

あっけらかんと笑うクレメンスさん。彼の話に、私は笑ってしまう。

「クレメンスさん、それで成功したのすごい。それにしても……精霊たちのせいで、エドウィン王子はあんなやつれたような怖い顔をしてたのね」

あの不機嫌さを孕《はら》んだ迫力は、やつれ。目の下の濃いクマはこのせいだったんだ。

「まあ、悪く思わないでやってくれないか。この国は精霊信仰が盛んなんだ。特に異世界から流れ着く品物に宿《やど》る精霊は力が強く、幸運を運んでくると考えられていて、とても大事にされている。まるで腫《は》れ物《もの》に触るように、ね」

クレメンスさんの言葉に、私は首をかしげる。

「腫《は》れ物《もの》に触るっていうのは、あまり褒め言葉に感じないけど……」

「申し訳ありません。精霊の心を汲《く》める者がほとんどいないので、お怒《いか》りに触れぬよう、そういった扱いになることが多くて」

フォローを入れるのはシャイアさん。

「それで困って、通訳を欲していたってこと？」

私の問いかけに、シャイアさんが頷《うなず》く。

私は聞いた話が本当か、橘に尋ねてみた。すると彼はあっさり肯定する。

『我儘《わがまま》を聞いてほしくて、暴れるものもいたのだろうよ。こうして姿を現せるものは、祟《たた》るくらいのこともできる。当然の反応だ』

そういえば先ほど、橘は地球でもこちらの世界でも騒いだと話していた。

「これまでどう対処していたんですか、今にはじまったことじゃないんでしょう？」

「アオイに任せようとしている仕事の前任者もまた、異世界から来た『精霊の愛《いと》し子《ご》』だった」

私の問いに答えたのは、部屋の扉を開けて入ってきたエドウィン王子だった。

「勝手なことをするな、クレメンス」

王子は側近に注意をしながら、私の正面の椅子に座る。

「もっと寝ててもよかったのに」

そう茶化《ちゃか》すクレメンスさんを、エドウィン王子は一睨《ひとにら》みする。どうやらまだちょっと不機嫌らしい。

「最初から説明する。いいか、アオイ？」

「お願いします」

私がそう答えたのに、エドウィン王子はなぜかシャイアさんを見る。すると彼女はにこりと王子に微笑んだ。

「四時間ほどと少ないですが、お休みになられて、お食事も召し上がりました。回復傾向にあるようです」

「そうか、なら続ける」

王子はぶっきらぼうに言うと、足を組んで頬杖をつく。

態度がいいとは言えないけれど、どうやら私の体調を気遣ってくれたらしい。

「アオイには、城下街にある骨董品店の店主を任せたい。俺の管理下にあるが、店をやれる者がおらず、数年休業していた店だ」

「休業中の骨董品店……」

「扱うものは宝物庫にあった異世界からの品――精霊がついていて、棄《す》てる訳にもいかないものばかりだ。その精霊の意向を汲《く》み、新たな居場所を見つけるのが、店の役目。採算については口を出さない。売り上げがあれば一定の割合でアオイの財産としてかまわない。もちろんそれとは別に、きちんと報酬を出す」

条件のいい話に、開いた口が塞《ふさ》がらない。

「シャイアから聞いたが、元の世界でも、骨董品に関わる仕事に就《つ》きたかったのだろう？　品物について知識があるのなら、こちらはより助かる。身の安全と生活は保障する。ずっととは言わない、しばらくの間引き受けてくれないだろうか」

エドウィン王子は威圧的な物言いを引っこめ、至極丁寧な言葉を選び、私に頭を下げてきた。

「あの、頭を上げてください。さっきクレメンスさんにも言ったんですけれど、お手伝いしようと思っています」

「そうか、引き受けてくれるか！」

エドウィン王子はそう言い、晴れやかな顔になった。

そんなに困っていたのかと思うと、詳しく話を聞かず八つ当たりしたことに、罪悪感を覚える。

――そういえば、少し気になることがあったのだった。

王子も『精霊の愛《いと》し子《ご》』であるならば、彼が翻訳《ほんやく》機をつければいいのに。そうしない理由を聞こうと思ったが、なんだか彼の喜びに水を差しそうで気が引ける。

私はそれについてはまたいつか聞くことにして、他のことを尋ねた。

「あの、一つ聞いてもいいですか？」

「なんだ」

「ちなみに今は、どれほどの量が保管されているのですか？」

「そうだな、ざっと百点ほどか。それらはすべてここ三年ほどで流れ着いたものだ。つまり、今後もそのペースで漂流物が届く可能性がある。このままだと、置き場所を新たに作らねばならなくなり、維持費だけでもかなり出費が嵩《かさ》む」

三年で百点。ええと平均すると、十日に一つペースで増えるってこと？　いくらなんでも多すぎない？　人じゃなくて骨董品だとしても、これって異世界トリップだよね？

「店を開けば、噂を聞きつけて客がやってくる。上手くやれば、お前に取《と》り憑《つ》くようにそばにいる精霊からも、解放されるはずだ」

そう言いながら彼が視線を投げる相手は、私の隣に漂《ただよ》う橘。

別に取《と》り憑《つ》かれてるわけじゃないですけど……

そう思いつつ橘を見ると、彼は不機嫌そうに眉を寄せていた。

どうやら言葉はわからなくても、悪口だと雰囲気で伝わったみたい。

『蒼衣。このいけすかない男はなんと言ったのだ？』

「……聞かない方がいいと思う。ねぇ橘、通訳だけじゃなくてお店を丸ごと任せられるなんて、さすがに責任が重くないかな？」

私はついでとばかりに、橘に相談する。

条件なんかを告げると、橘は意外なほどあっさりと答えた。

『申し出を受けよ、蒼衣。賃金も出るとあって、そなたに悪い条件ではないはずだ』

「簡単に言うなあ」

だけどたしかに、橘の言う通りかもしれない。骨董品店に来るような人々ならば、骨董品に関する人脈も持っているだろう。橘の片割れのさくらの噂が入りやすいかも。

『人の言うところの、ウィンウィンの関係というやつだ、蒼衣』

「ウィンウィンって……あなたどこで覚えたのよ、そんな言葉」

思わず噴き出してしまった。

『日本国内を転々としたあとに、イギリスとかいう国に二年ほどいたからな。あそこには様々な国の人間がいて、多くの言葉を耳にした。居心地はそう悪くなかった』

「へえ……そうなんだ」

精霊や妖精の伝承の多いイギリス。祖母がよく語ってくれた妖精たちも存在しているのならば、橘はきっと見えていたのだろう。

そんなことを考えていたら、お祖母《ばあ》ちゃんに会いたくなった。

帰りたい。帰るために頑張ろう。

それに、骨董商になることは、元々私の夢だった。

どうせ頑張るなら、大好きな骨董品に囲まれているのは悪くない。

私は、改めて決意する。

「やります私。骨董品店、やらせてください」

エドウィン王子に向かって、はっきりとそう告げた。

彼は満足そうに微笑みながら頷《うなず》き、手を差し出す。

「感謝する、アオイ。こちらとしても、できる限りの手助けをしよう。よろしく頼む」

私は王子の手をしっかりと握《にぎ》り返した。

彼は別世界から流れ着いた私を助けてくれた。

この選択が、彼にとって助けになるのであれば、わずかでも恩返しになるといい。

まさか、異世界で骨董品店をやることになるとは、思ってもいなかったけれど……これも運命なのかもしれない。

だったらくよくよなんてしてられない。気持ちを切りかえて頑張ろう。

いつか帰れたとき、ここでの経験を役立てられるように。

第二章　骨董品店主の仕事

私が骨董品店の仕事を引き受けることを決めてから、エドウィン王子の行動は素早かった。今日――私が異世界に流れ着いて十日目、王城にあった骨董品を店舗に移し終えたらしい。こんなに順調なのは、どうやら精霊の協力によるもののようだ。

いつのまにか橘が宝物庫の精霊たちを束ねることになったのだが、それ以降精霊たちによる王子への突撃がぱったりとなくなったという。

もちろん橘のおかげだけで収まったわけではない。精霊たちはちゃっかり王子に対価を求めたのだ。

彼らが要求したのは、お酒。

大蛇《だいじゃ》の姿をしたうわばみのみの要求だったらまだわかる。蛇《へび》は昔話でもお酒の話が出るくらい酒好きのイメージがあるし、うわばみは大酒飲みのたとえにも使われる。

けれど実際はうわばみだけでなく、精霊たち全員が美味《おい》しい酒を求め、夜ごと宴会を楽しんでいるらしいのだ。

おかげで王子に対する睡眠妨害はなくなり、彼は仕事に集中して様々な手配を終えてくれたそうだ。

そんな訳で、店舗への骨董品の運び出しが完了し、次は店舗内の作業に移る。

身支度を終えた私は、こちらに来てから借りていた部屋を見回した。

今日からこの城の一室を出て、働きはじめるのだ。そのために昨日までは準備をして過ごしていた。

店をやると決めた翌々日、私の体調は完全に回復した。そこではじめたのは新生活の準備だ。

これからはお城の敷地内に住ませてもらいながら、城下町にある店に毎日通うことになる。

そう、通いなのだ。

いつかは自立するにしても、まだここに来て十日。日本とは生活スタイルが違うし、自分で自分の面倒を見られるかわからない。とはいえ、王城にいつまでも居座る訳にもいかない。

そこで、侍女のみなさんが暮らす寮《りょう》の一室を、間借りすることになった。

寮《りょう》ならば食事が出るし、身元が確かな人ばかりなので、暮らしやすくて安心安全なのだそう。

それに伴《ともな》い、当面の服や靴など、生活必需品を揃えなければならなかったのだけれど、一文無《いちもんな》しなので、エドウィン王子からお金を借りた。

借りたお金がどれほどの価値なのか、もらえる賃金でどの程度返せるかは相談中だ。早めに返して自立しなきゃ。

そうしているうちに、こちらの世界のことが少しずつわかってきた。

こちらの世界は、衣装や部屋の装飾品などを見る限り、西欧的な文化のようだ。時代的には近世、産業革命前くらいかな。

でも、例外はある。例えば……

私は部屋の数ヵ所に置かれた照明を見る。それはまるで電化製品のように安定した輝きを放《はな》っている。

だけどどこを探してもコンセントどころか、機械的なものも見当たらない。

どうやって光っているのかとシャイアさんに聞いたら、明かりを溜めこむ石を使っているとのことだった。この世界には光や水、火などの精霊が宿《やど》った石があり、一部の特権階級で活用されているのだとか。……正直、よくわかっていないけど、そういうことらしい。

「どうかなさいましたか？」

気になってランプシェードの中を覗《のぞ》きこんでいると、シャイアさんがノックをして入ってきた。

「遠慮なさらず、疑問に思ったことはなんでもお聞きくださいね」

「ありがとう、でも聞きたいことすらまだ整理できてなくて」

そんなやり取りをしていると、窓から橘が入ってきた。

『邪魔をする』

ふわふわと私のそばまでやってくる橘。今日も手のひらにのるくらいのミニサイズだ。小回りがきくからと本人も気に入っているらしく、最近はこのサイズでいることが多い。

小さな彼は、まじまじと私を見下ろした。

昨日までは上品なくるぶし丈のワンピースを着ていたのだけれど、今日は動きやすいブラウスにジャケット、膝丈のスカートにブーツを履いている。これから店舗に向かうため、アンレジッド王国の一般市民が着るような服を選んだのだ。

「似合わないかな？」

『いいや、悪くない。私もそのうち衣《ころも》を替えてみようかな。こちらの服は機能的でいい』

精霊も着替えられるのか。私は少し驚きながら口を開く。

「それもいいかもね。だけど、橘はその姿がとても似合ってるから、もったいない気もする」

『そうか』

褒められてまんざらでもなさそうな橘。

「ところで橘、もうエドウィン王子の安眠を妨害していないでしょうね？」

他の精霊たちは約束を守って大人しくしているけれど、橘は気ままな性格なのか、どうもじっとしていない。私の部屋に来て話をしたり、執務中の王子の様子を見に行ったり、城下街の様子を覗《のぞ》きに行ったりしているようだった。

『あの男は元々ろくに寝台に入らないようだからな。妨害しようもない』

「そうなの？」

エドウィン王子が忙しい立場なのは、ここ数日シャイアさんに聞く彼の動向からも察している。けれどまさか彼自《みずか》ら睡眠を削っているとは……

私は呆れつつ、橘に注意する。

「王子はもちろんだけれど、他の人も驚かせたり迷惑をかけたりしないように気をつけてね」

『ああ、移動中は稀《まれ》に悲鳴を上げる者もいたが、おおむね気配くらいしかわからないようだった。

ここ三日で二度だから、さほどではないだろう』

悲鳴って……

「充分すぎるほど、散歩を楽しんでいるみたいね。でも本当にこの国の人たちに迷惑をかけないでよね。文句は私のところに来るんだから」

『わかった、わかった』

私は橘との会話に区切りをつけると、シャイアさんを振り返った。

彼女に身の回りの世話をしてもらうのも、今日で最後。

シャイアさんのように、親身になってくれる優しい女性に出会えて、私はとても幸運だった。

改めてシャイアさんに頭を下げる。

「今までありがとうございました。親切にしていただいたご恩は忘れません」

どういたしまして——と答えてくれると思い、返事を待ったのだけれど聞こえてこない。

どうしたのかと顔を上げると、彼女はなぜかきょとんとしていた。

「アオイ様……そんな改まってお礼など言われましたら、まるで今生《こんじょう》の別れみたいです」

「……そうかな？」

「そうですよ。では荷物を寮《りょう》に置いたら、さっそく出かけましょうか」

「ええ？」

すたすたと歩き出すシャイアさん。

部屋を出て彼女が向かったのは、寮《りょう》のある方角。昨日すでに案内してもらったのに、今日もわざわざ同行してくれるなんて、シャイアさんらしいなと思ってついていく。しかし彼女は、私から荷物を奪うと部屋に置き、私を連れてすぐさま寮《りょう》を出た。

「ちょっと待って、シャイアさん」

「早くしないと、お店に着く頃には昼になってしまいますよ？」

「でも、シャイアさんは、お仕事が」

「ええ、今日からとても楽しみにしていたんですよ、アオイ様のお手伝い」

てっきり私一人で店に向かうと思っていたけれど、シャイアさんも同行してくれるつもりらしい。まだまだ慣れない世界に戸惑うことばかりだから、申し出はありがたいけれど……

「でも、シャイアさんはエドウィン王子の侍女だよね？　そちらの仕事を離れて大丈夫なの？」

エドウィン王子はシャイアさんを他の侍女よりも頼りにしているように見えた。幾人かの侍女が控《ひか》えていても、王子はまずシャイアさんに指示を出すことが多かったから。そのような重要な立場の人を私が借りていいのかと心配になってしまう。

「エドウィン様はもちろんご承知で、私にアオイ様をお支えするようおっしゃいました。それに、エドウィン様は人の手を煩《わずら》わされるようなお方ではありませんので、侍女の仕事は誰がやっても一緒です。私はアオイ様のお役に立ちたいのです。それにまだお一人では、不安でしょう？」

「それは、そうだけど」

「でしたら、その不安が晴れるまで、遠慮などなさらないでください。そもそも、エドウィン様の強引なお願いを聞き入れてくださったのは、アオイ様なのですから」

シャイアさんに促《うなが》され、黒塗りの小さな馬車の前まで来た。

するとその前に立っていた人が、手を振って私たちを迎える。

「やあ、待っていたよ」

金髪に褐色肌《かっしょくはだ》の好青年が微笑みかけてくる。何度か会ったことのある人だ。

「あなたは確か、クレメンスさん」

「そうか、正式に挨拶《あいさつ》をしていなかったね。俺はクレメンス・マクダネル。エド——エドウィン王子の側近をしている」

「クレメンス様は幼少期からエドウィン様に仕《つか》えてこられました、信頼の厚い臣下でいらっしゃいます」

たしかにこれまで常に、エドウィン王子のそばには彼の姿があった。不機嫌そうな王子とにこやかで愛想がいい彼の組み合わせはとても対照的だったので、覚えている。

クレメンスさんはシャイアさんからの紹介に、慌てたように手を振った。

「いやいや、シャイア嬢ほどじゃない。三人共小さな頃からよく知る、幼馴染《おさななじみ》みたいなものだけどね。彼女はエドウィン様の乳母《うば》の娘だから、俺なんかより近い関係だ。困ったことがあれば、シャイア嬢を頼ればなんとかなるからな、アオイ」

私が驚いてシャイアさんを見ると、彼女は頬を染めている。

「私はただの侍女です、クレメンス様は買いかぶりすぎですわ」

「ははは、謙遜《けんそん》するなよ。さあ二人とも乗ってくれ」

クレメンスさんはそう言うと、馬車の扉を開けてくれた。

そのまま何も考えずに足を踏み入れたところで、私は中にいた人物を見て固まる。

「遅い」

そう言い放ったのは、黒髪黒目の不機嫌王子だった。

「ええと……エドウィン王子が、どうしてここに」

「案内だ」

相変わらず目の下にクマがあるのは、橘が言っていたように寝不足だからだろうか。

「案内って、王子様の手を煩《わずら》わせるほどのことでは……」

「いいから、さっさと乗れ」

苦笑いを浮かべたシャイアさんにも促《うなが》され、私はなぜか王子の隣に座るはめになった。

いやいや、私の席はここじゃないでしょう！　と目線で訴《うった》えたものの、見事に無視されて馬車の扉が閉められる。

シャイアさんとクレメンスさんが向かいの席に座ると、馬車はすぐに走り出した。たった一人の出立《しゅったつ》と思っていたのに、気づけば満員馬車に乗っている。初めて味わう馬車の揺れも相まって、私は戸惑うばかりだ。

「タチバナは、そばにいないのか」

「朝は私のところに来ましたけれど、街のお店に向かうならと、一足先に壺《つぼ》のところに戻ったはずです」

精霊たちは、本体である品物からそう遠く離れた場所まで移動することはできないらしいが、橘は力が強いため関係ないようだった。

橘の本体である大壺《おおつぼ》は、開店を控《ひか》えた骨董品店の倉庫に数日前に移動させた。だけど彼は今朝のように、ふらりと私の顔を見にくる。

「橘に伝えたいことでもありましたか？」

「いや、そうではない。お前にこれを渡しておく」

エドウィン王子は、馬車に取りつけられた小さな台座の上から鍵を取り上げ、私に差し出す。

唐突なことに驚いているとさらに突き出され、私は慌てて受け取った。

「それは、店の鍵だ。城にある宝物庫の封印と同じ効果を発揮する。店主の証《あかし》だ、大事にしろ」

「……封印って？」

どういうことかわからず、私は首をかしげる。

「この鍵で、店とその中にある倉庫を封じることができる。万能ではないが、精霊たちをその中に閉じ込められるはずだ。戸締まり以外のとき……たとえば、いたずら好きな精霊たちが煩《わずら》わしくなったときなんかに、使うといい。やつらは遠慮というものを知らないからな」

「はあ……」

たしかに、エドウィン王子みたいに安眠妨害をされたらたまらないけど……私も使う日が来るのだろうか？

「代々、店の責任者が持っていたものだ。なくすなよ」

「わかりました」

鍵には小さな彫《ほ》りが見える。波のような文様《もんよう》で、とても綺麗だ。

「それから、明日の再開店を前に、紹介しておきたい者がいる」

その言葉に、私はちょっぴり興奮する。早くも明日、骨董品店を開店させることになったのだ。

「骨董品店は職人が店をかまえる工房通りにある。紹介したいのは、そこの職人たちを束ねる組合の長《おさ》をしている者だ。気のいい連中だが、頑固で気性が荒い者もいる。そういう者たちとも付き合わないとならないから、あらかじめ顔合わせをしておいた方がいい」

たしかに、骨董品は常に手入れが必要だ。近隣に職人さんたちがいるのなら、なおさら付き合いは避けられない。

ふと、父が仕事で付き合っていた職人たちを思い出す。一癖《ひとくせ》も二癖《ふたくせ》もある人ばかりだったけれど、この世界でも同じなのかな。

そんなことを考えていると、馬車が停まる。

すぐに扉が開かれ、クレメンスさんのエスコートで馬車を降りた。

お城からではわからなかった街の様子を、降り立った場所から観察する。基本的に建物は木造だけど、橋や街道は石が使われ、かなり頑丈で重厚な印象だ。壁は煉瓦《れんが》と漆喰《しっくい》が半分くらい。

中には石壁でできた高い建物もあるけれど、そういったものは主にお城の周辺や、お城から延びる広い通り沿いに集中していた。それらは役所や公共の施設なのだと、シャイアさんが教えてくれる。

高い建物を除けば、あとは小ぢんまりとした二階建ての家屋が多い。建物は港の方までずっと続いていた。

一方、小高い丘の上にあるお城の向こう側は、なだらかな緑色の丘が続き、風車のような羽を持つ建物が点在している。

空を飛ぶ浮島《うきじま》と、不思議な精霊たちの存在さえなければ、ここがヨーロッパにあるどこかの街だと言われても、私は信じただろう。

「こちらです、アオイ様」

「あ、はい」

シャイアさんに声をかけられ、私はハッとする。

お上《のぼ》りさんのようにキョロキョロしていたのを見られて、ちょっと恥ずかしい。

「アオイ様のお育ちになった国とは、違いますか？」

「そうね。でも、祖母が住む国とは、雰囲気が似てるかな」

エドウィン王子たちに導《みちび》かれて入ったのは、これまた異国情緒たっぷりの狭い路地だった。

他とは違い、煉瓦《れんが》と茶色い瓦屋根《かわらやね》で統一された家々が軒《のき》を連ねている。その通りの家はすべて店舗らしく、各々《おのおの》看板を掲《かか》げていた。

この路地がエドウィン王子が言っていた、職人たちが集まる工房通りらしい。

「ここだ」

エドウィン王子が足を止めたのは、口が広いおちょこのようなマークの看板を掲《かか》げたお店の前だった。

その重厚な扉をクレメンスさんが開けてくれたので、王子と共に中に入る。すると、つんとした臭いが鼻をついた。

店内は薄暗く、申し訳程度に商品が並べられていた。置かれているのは、大小の皿やカップ、大きな水瓶《みずがめ》や、獅子《しし》を模したような置物。そして看板に描《えが》かれたものと似ている、美しい絵柄の杯《さかずき》。

店の人の姿が見当たらないが、クレメンスさんは気にせずに奥に向かう。私たちも彼に続いた。

奥は店より一段下がった、工房らしき作業スペースだ。液体が入った瓶がいくつも置かれ、何かを掴《つか》むための鋏《はさみ》が壁にかけられている。そして水槽、大きな机、最奥には棚があり、成形されて乾燥中の器《うつわ》が並んでいた。

その奥にある扉を、クレメンスさんはためらいなく開ける。

扉の向こうは中庭で、黒く煤《すす》けた窯《かま》があった。陶器を焼くための窯《かま》のようだ。

中庭に出ると、クレメンスさんは顔をしかめて大きな声で呼びかける。

「おーい、ゼファード、いないのか？」

するとすぐに、白髪《しらが》まじりの男性が窯《かま》の陰から顔を出した。

「ああ、来てたのかクレメンス。今日はどうした、女の子連れだなんて」

ゼファードと呼ばれた男性が、クレメンスさんと私、それから後ろについてきたシャイアさんを見比べる。

「羨《うらや》ましいだろう？」

そう答えてさわやかに笑うクレメンスさん。

「お、珍しい顔を見たもんだ」

ゼファードさんは、最後に出てきたエドウィン王子を見つけて、破顔する。

王子も明るい声で応じた。

「久しぶりだな、ゼファード。手紙で伝えた通り、店を再開させることになった」

「ああ、読んだよ。後任が見つかったって？」

王子と城下街の職人がこんなに親しげだなんて意外だ。

二人のやり取りを眺めていると、クレメンスさんに背中を押され、ゼファードさんの前に出された。

「彼女が、骨董品店を任せることになったアオイだ。『精霊の愛《いと》し子《ご》』で、彼らと話もできる。最近外国から来たからまだこの国に慣れてなくて、しばらくはシャイアが手伝うことになる。ゼファードも助けになってやってくれ」

ゼファードさんは驚いたように私を見た。

エドウィン王子は私を見ると、今度はゼファードさんを紹介する。

「彼はゼファード。ここの工房通りの組合をまとめている。必要な道具や使い方、薬品の手配などは、ゼファードに頼むといい」

「よ、よろしくお願いします、アオイ・サイトウです」

この国の名乗りは名前が先だと以前聞いていたので、それに合わせて名乗り、慌てて頭を下げた。

ゼファードさんはがっしりした体格で、少し気圧《けお》されてしまう。

「あんたがそうか。聞いてはいたが、ずいぶん若いじゃないか。難しい仕事を任せられたな、大丈夫か？」

「ええと……たぶん」

難しい仕事という言葉に今さらながらプレッシャーを感じて、私は薄笑いを浮かべる。

そんな私の横から、シャイアさんが身を乗り出した。

「大丈夫ですよ、私が全力でサポートいたしますので」

「へえ、そうか」

するとクレメンスさんがにやりと笑い、ゼファードさんに言う。

「シャイア嬢自《みずか》ら頼みこみ、アオイを手伝う許可を取りつけたんだって」

「えっ⁉」

その言葉に一番驚いたのは私だ。まさかシャイアさんが自《みずか》ら私を手伝うと申し出てくれたなんて、考えてもみなかった。

「それをわざわざ言う必要はありません、クレメンス様」

シャイアさんはほんのりと頬を染めて、クレメンスさんを睨《にら》む。その表情はとてもかわいくて、まったく怖くない。

「はは、悪かったよ」

クレメンスさんはさわやかに微笑みながら素直に謝る。なんだか仲がいい二人だな。

エドウィン王子はそんな二人をちらりと見てから、ゼファードさんに向き直った。

「ゼファード、そういう訳だ。いろいろと頼む」

「もちろん任せろ」

そうして挨拶《あいさつ》を終え、ゼファードさんのお店を出た。

するとエドウィン王子は通りの突き当たりに向かって歩き出す。ついていくと、そこには大きなお屋敷が立っていた。

通りに面した他の建物とは違って門があり、短い小道の先に屋敷の扉がある。

色合いは工房通りに馴染《なじ》んでいるけれど、大きさは明らかに違う。

「ここが店だ」

「えっ!?　ここ!?」

立派な店がまえに驚き、私は屋敷と王子を見比べてしまう。

けれどエドウィン王子は無反応のまま、スタスタと屋敷に近づいていく。追いかけていくと、王子は扉の前で何かを催促《さいそく》するように私を振り向いた。

私はさっきもらった鍵を取り出し、扉を開ける。

まず最初に感じたのは、かすかな埃《ほこり》の臭い。

店は数年休業していたと聞いた。その間も手入れされていたようだけど、しばらくは換気が必要そうだ。

ホール内にはいくつもの展示台が並び、壁に飾り棚もある。そのあちらこちらに骨董品が置かれていた。

「どう展示するかは、道具の性質を知るアオイが決めていい。残りの品は別室に保管してある」

エドウィン王子はそう言うと、私に商品リストを手渡す。

翻訳《ほんやく》ピアスが効かないので文字は読めないのだけど、ざっと見ただけでも三百近い商品があるらしい。何から手をつけようかと、頭を悩ませた。

私がリストをいったん置き、手近なところにある骨董品を確認している間に、シャイアさんはさっそく窓を開けてくれる。

しばらくして顔を上げると、ふと骨董品が置かれたホールの奥にある大きな扉が目に入った。引き寄せられるように扉に近づく。その扉には鍵穴があることに気づき、私は王子を振り向いた。

「エドウィン王子、ここが例の倉庫ですか？」

「そうだ。開けてみたらいい」

彼に促《うなが》され、私は倉庫の鍵を開ける。そしてドアノブに手をかけると……

力を入れたわけでもないのに、ガチャリとドアノブが回り、扉が開いた。

扉の向こうで待っていたのは――私を見つめる、顔、顔、顔。

「ひゃあっ⁉　何⁉」

そして一斉にたくさんの手が伸びてきて、私の体を掴《つか》む。

「え、わ、ちょっと！」

『あんたを待ってたんだよ、早く早く！』

扉の隙間《すきま》から子鬼のような子供たちがわらわらと出てきた。子鬼はかわいらしく、絹《きぬ》の小袖《こそで》を着て頭に小さな角《つの》がついている。

私がつんのめった先にいたのは、大きな姿で悠然と微笑む橘。その脇に西洋の貴婦人と、羽の生えた妖精のような小人が並んでいる。かわいらしいエプロンドレスの巻き毛の少女もいた。

驚く私に、きらびやかな精霊たちが寄ってきて、口々に話しだす。

『ねえ蒼衣、あなた買い物に出かけたって本当？　街の様子はどうだった？』

『流行《はや》りのドレスはどんなデザインかしら、着物も売っていて？』

『いいえ、お菓子の話が先よ』

『ククッ』

どこから返事をしたものかと困惑していると、低く掠《かす》れた笑い声が聞こえる。そちらを見れば、積み上げられた荷物の上に、とぐろを巻く白蛇《しろへび》――うわばみがいた。

『お嬢さん方、我らの大事な通訳殿が困っておろう。ここは一歩引いてみたまえ』

『そんな訳にはいかないわ』

『うわばみはそりゃあ満足でしょうよ。お酒を浴びるように飲んで、ご機嫌だったものね？』

『私は観光がしたい。せっかく未知の世界に来たのだから……ちょっと蒼衣、聞いてるの？』

精霊たちが一斉に視線を向けてくる。

私は返事をする隙《すき》も与えられず、対応に困ってしまう。

エドウィン王子にもこの賑《にぎ》やかな声は聞こえているだろうと振り返ると、彼はうんざりした顔でそっぽを向いている。

私はなんだか面白くなって、笑いがこみ上げてきた。

「聞いてる……聞いてるよ、でも、はは……あはははは、おかしいの、みんな」

なんだか、すごくホッとした。

精霊たちは変わった姿をしていて、人間ではない。だけど、とても人間らしい。……美味《おい》しいお酒やお菓子、見たこともない街や買い物に目を輝かせる。

人間と全然変わらない。

私は一人きりじゃなかったんだって、彼らを見て思えた。

異世界の王子様から頼まれたお仕事。その相手は骨董品の精霊や、神力を持つ大壺《おおつぼ》だ。あまり気にしないようにしていたけれど、いったいどんなことを要求されるかと、緊張していた。

でも、精霊たちの口から出てくるのは、好奇心の塊《かたまり》のような言葉ばかり。

私は緊張から解放され、声を上げて笑う。

「あははは……っ！」

なんとかやっていけるかもしれない。

ひとしきり笑い終えると、橘が私のそばにやってきて言う。

『話してみればみな陽気な連中だ、よろしくな蒼衣』

「うん、こちらこそ、よろしく」

それからすぐに、エドウィン王子とクレメンスさんはお城に戻っていった。

私とシャイアさんは、数部屋を店舗として使うことに決め、お店の準備をはじめる。

まず貴婦人たちを慰《なぐさ》めるために、シャイアさんが近くのお店で焼き菓子を調達してくれた。貴婦人たちは美味《おい》しそうなお菓子を笑顔で眺める。

「ところで、どうやって食べるの？　そもそも、実体のない精霊でしょう？　食べられるの？」

私が尋ねると、貴婦人は驚いたように答えた。

『もちろん、食べられるに決まってるじゃない』

そして彼女たちはお菓子に触れ、『美味《おい》しい～』と大喜びする。

彼ら精霊が食べるのは、食べ物の『気』なのだそう。だから彼らに食べられたものは、物質としては減らないが、味が抜けてしまうのだという。なんて不思議なんだろう。

お菓子を味わう精霊たちを横目に、シャイアさんと二人で、相談しながら骨董品の陳列をはじめる。

その結果、部屋ごとに年代や様式を決め、小物はそれにこだわらずにコーディネートすることになった。こちらの世界にないものは、使い方がわかるように工夫した方がいいし、やることはいっぱいある。

私たちが仕事に熱中しはじめると、精霊たちが興味津々《しんしん》で周囲に群《むら》がってきた。

「ちょっと、見えないからどいてくれない？」

箱から出して飾ろうとしているのに、他の精霊たちが集まってきて、手元が見えない。私が軽く手を払うと、小さな精霊たちがころころと転がっていく。それすら楽しいのか、無邪気な笑い声を上げた。私はため息をつきながら、手元の花瓶に積もった埃《ほこり》を払う。

一方、見えないけれど気配を察するシャイアさんは、必死に精霊を避《よ》けようとするからもう大変。踏んでいないか、ぶつかっていないかと、心配している。

そんな様子を見かねたのか、橘が精霊たちを追い払う。

『お前たち、うるさいぞ』

他の精霊たちは橘に一目置いているらしく、彼の言うことをよく聞く。精霊は一斉に場所を空《あ》けた。

作業しやすくなった部屋を見回して、私は奥を指さす。

「ねえシャイアさん、ちょっと手を貸してくれる？」

そこにあるのは陶器でできた羊の置物。

「この羊さんの精霊、さっきホールの床で寝転がっていたの。日向《ひなた》ぼっこが好きなんだと思うから、本体もホールの日が当たる場所に移動させたくて」

「わかりました、私はこちらを持ちましょう」

「重たいから気をつけて」

羊は全長八十センチメートルほどで、女子一人で持つには大きいので、二人がかりで運ぶ。

ホールまで行くと、羊の姿の精霊は先ほど見たときのまま、本体と同じ姿で寝そべっていた。

「あなたはここがお気に入りなのね」

同じ場所に本体を収めたら、周囲にいた子鬼や子供の姿をしたトンボ玉の精霊たちが喜びだす。寝そべる羊の背中に乗ったり、滑《すべ》り台代わりにまとわりついたりした。

『子供の世話は任せて』

羊の精霊はそう言って、お母さんのように柔らかく微笑む。

『私が最初に買われた家は、とてもたくさん子供がいるところでね。これまで多くの子の成長を見守ってきたのよ』

「そうなんだ……頼もしい。あなたは羊のお母さんなのね」

『そう、昔は羊母《ひつじかあ》さんと呼ばれていたわ。角《つの》の傷は、子育ての勲章《くんしょう》なの』

そう言って揺れた彼女の角《つの》をよく見ると、折れた跡がある。でもその角《つの》は綺麗に繋《つな》がれており、言われないとわからないくらいだ。きっと大事にされていたのだろう。

やんちゃな子供たちが、羊の丸くて大きな背中を取り合っている情景が、目に浮かぶ。

窓から入る日を受けて、気持ちよさそうにする羊母さん。気づけば、子鬼たちがとろんとした目で羊にもたれかかっていた。

「なんだかこちらまで、穏やかな気持ちになりますね」

精霊を見られないシャイアさんにも、のんびりとした空気がわかるみたい。

「ここはお店の入り口ですから、和《なご》む雰囲気はいいと思いますよ」

「うん、お店の顔になるかもね」

小さな精霊たちを羊母さんに任せて、私とシャイアさんは出かける支度をした。

なるべく以前からあるものを利用して展示するつもりだが、足りないものもある。テーブルに敷くクロスなど、古くなったものは取り替えなくてはならない。

シャイアさんと何を買うべきか話していると、小さな姿の橘が私のそばにやってきた。

『蒼衣、街に出かけるならば、私もついて行こう』

「え？　橘も買い物に行きたいの？」

私の問いかけにシャイアさんが首をかしげる。

「どうかしましたか、アオイ様？」

「橘はとても好奇心旺盛《おうせい》な性格みたい。買い物に一緒に行きたいって言ってるの」

「もちろんかまいませんよ、ぜひ街をご覧になってください。アンレジッドで一番の街です、決して退屈させませんよ」

シャイアさんが快諾《かいだく》してくれたので、私は橘に頷《うなず》きかけた。けれど、注意するのを忘れない。

「橘、ついて来るのはかまわないけれど、いたずらしちゃだめよ？　騒ぎになったら困るんだから」

そして必要なものを確かめ、私たちは店を出た。

目的は二つ向こうの通りにある布店、そして文房具店とガラス工房。

私と橘は、賑《にぎ》やかな商店街をきょろきょろ眺めながらシャイアさんのあとに続いた。そして、時おり声をかけられるシャイアさんに紹介され、私は街の人に挨拶《あいさつ》をする。

再び骨董品店を開店すること、外国から来た私が目利きとして店主を任されたこと、慣れない私の補佐をシャイアさんがすることなど、買い物をしながら宣伝して回った。

しばらく休業していたとはいえ、街の人たちは骨董品店の存在をよく知っていたようで、みんな好意的に受け止めてくれる。

布店と文房具屋を回り、街の人の挨拶《あいさつ》が落ち着いたところで、私はシャイアさんに声をかけた。

「意外だったな。シャイアさん、城下街に知り合いが多いんだ」

王子様付きの侍女なのに、シャイアさんは誰とでも親しげに挨拶《あいさつ》を交わしていた。

「エドウィン様は幼少の頃から、城下へお出かけになられるのがとてもお好きだったんです。当時は街の人々に、とてもかわいがられていましたよ。私もよく同行させていただきました」

「へえ、そうなんだ……」

寝不足で不機嫌なエドウィン王子の顔ばかり見ているせいか、そんな姿は想像がつかない。

「街の人々はエドウィン様の来訪を喜んでおりまして、私にもよくしてくれました。ああ、アオイ様、あそこの店が最後です」

シャイアさんが指さしたのは、曲がりくねった路地の突き当たり、長い階段の先にある家だ。赤い煉瓦《れんが》の壁に、茶色い三角屋根が三つ。おとぎ話で小人や妖精が住んでいそうな雰囲気だった。

「かわいい！」

「街で一番人気の雑貨店兼ガラス工房です。美味《おい》しい飴も売っていますよ。工房で商品を注文するのが目的ですが、みな様にお土産《みやげ》を買って帰りましょうか」

「そうね、きっと喜ぶと思う」

店に入ると、色とりどりの布が並んでいた。ハンカチやタオル代わりの多機能な布や小窓にかけるカフェカーテンのようなレースまである。それらの横には櫛《くし》や手鏡、小ぶりの石鹸《せっけん》、髪留めやリボンも置かれている。どこから見ても雑貨屋さんだ。

だけど、シャイアさんが人気のお店だと言っていたのに、お客さんは私たちだけ。

たまたま人が少ないタイミングだったのかなと思いながら商品を見ていると、シャイアさんが奥にいたおばあさんに声をかけた。

「こんにちは。ご無沙汰《ぶさた》していました、マダム・タニア」

「おやまあ、シャイアかい？　しばらく見ないうちに別嬪《べっぴん》さんになって」

お店の奥の椅子に座って編み物をしていた老婦人は、雑貨店の店主でタニアさんというらしい。

シャイアさんとは昔から懇意《こんい》にしていたらしく、久しぶりに会えてとても喜んでいるようだ。しかしなんとなく笑顔に影がある。

「せっかく来てもらったのに、寂しい店の様子を見せちゃって、恥ずかしいよ」

タニアさんの言葉に、シャイアさんが首をかしげる。

「今日はとても静かですね、マダム。お休みのところをお邪魔してしまいました？」

「いやいや、これがいつも通りさ」

その言葉に驚くシャイアさん。

よく見ると、商品の棚にところどころ隙間《すきま》がある。しかも中には埃《ほこり》をかぶっている棚もあった。

「ちょっと待っておいで、お茶を淹《い》れるから飲んでいきなよ」

タニアさんは立ち上がり、よろける。私とシャイアさんはとっさに手を出して支え、タニアさんを椅子に座らせた。

「ごめんよ、ここのところ膝が痛くてね」

「いいんです、気になさらないでください」

「今日はどうしたんだい、必要なものがあったら言っておくれね」

「ええ、ありがとうございます。実はこちらは……アオイ様といいます。アオイ様のお力を借りて、工房通りの骨董品店を再開することになりまして」

それを聞いたタニアさんは、私を見て何度か頷《うなず》く。

「そうかい、それはめでたいねえ。心配していたんだよ、何年も閉まったままだったからねえ」

「アオイです、はじめまして」

私が挨拶《あいさつ》すると、タニアさんは優しく微笑み、よろしくと返してくれた。

「じゃあ、ガラス工房のアンドリューに用があって来たのかね？」

ひらめいたように言うタニアさんに、シャイアさんが頷《うなず》く。

「はい、注文したいものがあって」

「アンドリューは奥にいるよ。お城からの仕事が落ち着きそうだって言っていたから、今頃は休憩してるだろう。直接工房に行って声をかけてくれるかい？」

「ええ、お邪魔しますね」

シャイアさんが答えると、タニアさんは編み物を再開する。

私は軽く会釈《えしゃく》してから、シャイアさんのあとについて雑貨屋よりも一段下がった奥の間《ま》に入る。さらに扉をくぐると、土壁と石畳の工房が広がっていた。

「アンドリュー、いるかしら？」

シャイアさんが声をかけると、すぐに工房の奥から返事がある。

「あぁ、ちょっと待ってくれよ」

出てきたのは、金髪に丸眼鏡の青年だった。すらりとした長身で、私とシャイアさんは彼を見上げて挨拶《あいさつ》をする。

「休憩していたところにごめんなさい、依頼したいことがあるの」

「珍しいね、お城の仕事……じゃあ、ないみたいだね？」

彼は私とシャイアさんを見比べてから、椅子をすすめてきた。

「工房通りの骨董品店を再開することは、聞いている？」

「ああ、もちろん。エドウィン様が管理されている精霊付きの品を、売りに出すんだろう？」

精霊付き……私は自分の肩のあたりに浮かぶ橘をちらりと見る。

「ええ、この方が店を任せられた、アオイ様です」

「アオイ・サイトウといいます、はじめまして」

私は頭を下げて挨拶《あいさつ》した。

彼はぽかんとしたが、ハッとしたように頭を下げる。

「ごめんよ、こんなに若い女性だと思わなくて」

「え？」

「ええと、その、エドウィン様からは異国の女性としか聞いてなかったから、きみがあまりに若くて驚いたんだ。ごめんね。俺はアンドリュー・テッカー、よろしく」

慌てて自己紹介した青年――アンドリューさんは顔を赤らめている。きっと年上だろうけど、かわいいなと思ってしまった。

「それで今日は、その店の件？」

「そうなんです、ガラスケースの陳列棚を増やしたくて。制作をお願いできますか？　密閉性が高いものだと助かります」

「密閉性？」

「ここは海が近いでしょう？　湿気にとても弱い品物があるんです」

「ああ、そういうことか。わかった、明日でよければ詳しく聞かせてもらいに行くよ」

「ありがとうございます」

前向きな返事をもらえて、私は安堵《あんど》の息をつく。

話が終わったのを見計らい、シャイアさんはアンドリューさんに小さな声で話しかける。

「あの、マダム・タニアのことなんですけれど」

「ああ、祖母《ばあ》ちゃんね、ちょっと塞《ふさ》いじゃってて」

二人は、表側――雑貨店の方を見る。

「何があったんですか？　マダムの元気のない姿、初めて見ました」

「実はさ……」

タニアさんは、以前はいつも明るく、店の掃除にお客の相手と、忙しく働いていたという。周囲が年齢を気遣い、『もう少しゆっくりしたらどうか』とすすめるくらいだったのだとか。

それが変わったきっかけは、半年前。

元々ここでガラス工房を開いていたのは、アンドリューさんのお兄さん夫婦なのだそう。でも知り合いの頼みで、遠く離れた町で大きな仕事を受けたのをきっかけに、ここを弟のアンドリューさんに譲《ゆず》って引っ越してしまった。

それは仕方がないとタニアさんも理解していたものの、応《こた》えたのはひ孫までいなくなったこと。毎日顔を出してくれた子供たちがいなくなり、日に日に元気をなくし、どっと老けこんだ。ついには店の商品管理もおろそかになったという。

「気持ちが衰《おとろ》えて、年齢もあってか体にきちゃったみたいで。お客さんも最初は励ましに来てくれてたんだけど、次第に膝を痛がる祖母に悪いからって遠慮するようになって……」

「それでいっそう寂しくなってしまったのね」

二人は顔を曇《くも》らせる。

「悪いね、暗い話題で。そうは言ってもうちの奥さんが少し手伝ってるから、新しい商品も置いてあるんだ。またみんなで買い物に来てやってよ」

気を取り直したようにそう言うアンドリューさんに、私とシャイアさんは頷《うなず》き、彼の工房をあとにした。

骨董品店に帰る道すがら、シャイアさんがぽつぽつと話す。

「マダムはとても華やかで元気があって、誰にでも世話を焼くような人でした。だから弱音を吐いているところなんて見たこともありません。……もしかしたら寂しいって、言えなかったのかもしれませんね」

「それほどひ孫をかわいがっていたなら、その子たちも、寂しがっているかもね」

憔悴《しょうすい》したタニアさんの姿が、今頃心を痛めているだろう自分の祖母の姿に重なった。おばあちゃん子の私も寂しさが膨《ふく》らみ、なんとかしたいという気持ちに駆られる。

『蒼衣、どうした難しい顔をして？』

ずっとそばで見守っていた橘が、私を心配そうに覗《のぞ》きこむ。

「大丈夫だよ、少し考えてたの。みんなが幸せになる方法がないかなって」

ひ孫たちが会いに来られないのは仕方ないこと。でもだからといって、雑貨店をこのままにしていたら、タニアさんは生き甲斐《がい》を失ってしまう気がする。せめてお店を以前のように、賑《にぎ》やかな状態に戻してあげられたらいいのに……

でも、どうやって？

茜色《あかねいろ》に染まる空と浮島《うきじま》を眺めて歩きながら、そればかりを考えていた。

翌日、準備もそこそこに骨董品店を再オープンした。開店するやいなや、たくさんの人が来てくれたんだけど……

お客さんの大半は、工房通りに店をかまえる店主さんたち。昨日シャイアさんと挨拶《あいさつ》したときに宣伝しておいたから、様子を見に来てくれたのだ。

とはいえ同じ通りのよしみで来てくれただけで、買い物客ではない。

その他のお客さんたちは、エドウィン王子の紹介で訪れた、上流階級の方々。珍しい異世界の骨董品には興味があるようで、いろいろと尋ねられたものの、購入にはどこか消極的。素晴らしいと褒めてくれただけだった。

そして午後、がらんとした店内にいるのは私とシャイアさん、そして精霊たち。

上流階級のお客さんたちが買ってくれない理由について、シャイアさんには心当たりがあるようで……

午後のお茶の時間、早くも初日反省会を開き、そのあたりを聞き出しているところだ。

「実は以前、エドウィン様がこのお店を管理されていたことがありました。そのとき精霊付きの骨董品を、臣下に下賜《かし》されたのです。しかしそれらはことごとく返却されてしまいまして……そのせいかと思われます」

「骨董品がことごとく返却された？」

『お、私たちに関する話か？』

橘がテーブルの上に姿を現し、口を挟む。シャイアさんの話を伝えると、彼も精霊たちの事情を聞いていたようで、頷《うなず》いた。

『精霊たちからすると、敬《うやま》われはするものの、望む形ではなかった。そう聞いている。言葉の意味がわからぬのであれば、様々な齟齬《そご》も起きよう。仕方のないこと』

悩ましげな橘の言葉に続けるように、シャイアさんが口を開く。

「精霊を大事にする私たちにとって、彼らの恩恵《おんけい》に与《あずか》りたいと願うのと同時に、精霊の不興《ふきょう》を買うことは極力避けたいのです。精霊をないがしろにして、悪い兆《きざ》しをもたらされたという話も聞きます。扱いを間違え、家族に災《わざわ》いがあっては困る、という理由から、手放すのも仕方がありません。ただ、闇雲《やみくも》に売り払うこともできないので、宝物を管理する王族……つまりエドウィン様に戻される。粗末に扱われないことだけが、救いではありますが」

その話で、祖母から聞かされた、いたずら好きな妖精のおとぎ話を思い出す。

妖精たちと人間の間には、いくつもの約束ごとがあって、それを間違えるとたまに痛い目にあうのだ。

人々が骨董品の購入に消極的な理由は、それか。なるほど、理解できた。

「それで、精霊が見えるだけでなく、話が聞ける人間を待っていたってことなのね」

私の言葉にシャイアさんが頷《うなず》く。

そういう経緯から、骨董品たちの希望をなるべく聞いて、仲介できる者を求めていたのか。

「あの……ずっと聞きそびれていたのだけれど、どうしてこれを王子が使わないの？」

私の耳につけられた、翻訳《ほんやく》ピアスを指さす。

こんな便利な道具があるのだから、精霊が見えて声が聞こえるエドウィン王子が使えばよかったんじゃないだろうか。

しかし、シャイアさんは困った顔で首を横に振った。

「それは、この世界の者には使えないのだそうです」

「そうなの？　なんで？」

「製作者がアオイ様と同じ世界から来た人物で、ご自身のために作ったと聞いております。この世界の者がつけても、なぜか翻訳《ほんやく》の機能は働かないようです。なんでも、その方はこの世界で古《いにしえ》に消えた魔法をよみがえらせ、このピアスにはそれによって作られたと聞いたことがあります。その方以外に魔法を使える方は存じ上げませんが……」

「魔法があるの!?」

思わぬ話に、私はドキドキする。

「私自身は見たことはありませんが、魔法が存在したのは確かなようです。しかしそれ以上のことは、私も知らないのです。あとはエドウィン様にお聞きするしか……すみません」

「ううん、充分」

魔法はもちろん気になるけれど、私と同じ異世界から来た人のことを聞けて、興味が湧く。

「その人は、今どこにいるんですか？」

私が問いかけると、シャイアさんの表情が曇《くも》る。

「お亡くなりになられました」

「……そう、亡くなったんだ」

「はい、こちらで幸せな結婚をされました。最後は、老衰《ろうすい》だったとうかがっています」

「そっか……」

つまり……、元の世界に帰れなかったんだね。

骨董品店の反省会だったはずが、思わぬところで現実の厳しさを知る。

俯《うつむ》いていると、橘が近づいてきて『どうしたのか』と聞くので、事情を説明した。すると彼は私を励ますように笑みを浮かべる。

『そう塞《ふさ》ぎこむことはない。これからだ、蒼衣。希望はまだ途絶えていないのだから』

橘もまた、今日やってきたお客さんから、さくらの残り香のようなものがないかと、飛び回り続けていた。収穫はなかったけれど、まったくへこたれないその様子に、私は勇気づけられる。

「そうだね、お互いに頑張ろう」

そう話したところで、お茶の時間はおしまい。

ティーセットを片付けて気を取り直し、次に並べる品選びをはじめようとしたとき、来客のベルが鳴る。

「おーい、今いいかな?」

声をかけながら、店に入ってきたのはアンドリューさん。

新しいガラスケースの制作のために、寸法の計測と相談に来てくれたのだ。

店の入り口に出ると、明るい日差しが入るガラス窓に、三つの小さな丸い影ができていた。窓の向こうから、目を輝かせて近所の子供たちが覗《のぞ》いている。

興味津々《しんしん》に彼らが見ていたのは、日向《ひなた》ぼっこをするかのように寝そべる羊母さん。

でも子供たちは私に見つかったことに気づいて、一目散に逃げていった。

『あらまあ、逃げなくてもいいのに』

羊母さんが笑い、私も苦笑する。

「あいつら何を見てたんだ？」

足を止めていた私に、アンドリューさんが聞いてくる。

「いらっしゃい、アンドリューさん。置物を見てたようですよ。あの子たちを知っているんですか？」

「工房通りに住んでいる子たちじゃないかな」

「へえ、そうなんですか」

誰もいなくなった出窓の外を眺めてから、アンドリューさんと打ち合わせをはじめた。

古いアクセサリーの中に、できれば奥の部屋で湿度を管理したいものがあった。そのための棚や収納ケースのアイデアをアンドリューさんにも出してもらい、いくつか図面を引いてもらう約束をして、話し合いはすぐに終わる。

寸法を測ると、彼はすぐ工房に帰るという。そのとき……

「お、また来てるな」

出窓から影が見えた。しかもさっきよりも二人増えている。

「ちょっと待ってて」

アンドリューさんはいたずらっぽく笑うと、店から出て子供たちに声をかけた。すると子供たちはまたも逃げようとした。ところがアンドリューさんは両手で二人捕まえて、店内へ戻ってくる。

「あらまあ」

のんきに微笑むシャイアさん。

「いいから見せてもらってけよ」

連れてこられたのは、顔がそっくりな男の子と女の子。男の子が年上に見えるので、きっと兄妹《きょうだい》だろう。

「どれを見たかったんだ？」

アンドリューさんが聞くと、男の子は黙って羊母さんを指さす。

『いいよ、こっちにおいで坊やたち。背中に乗せてあげよう』

羊母さんは目を細めてそう言った。

「背中に乗ってもいいよ、ただし気をつけてね」

私が声をかけると、子どもたちは喜んで羊母さんに走り寄る。

男の子は妹に手を貸して、羊母さんの背中に乗せてあげる。すると妹は陶器のつるっとした背中で滑《すべ》り、羊母さんのお腹の方に落ちた。少しびっくりした顔できょろりと隣を見て――すぐそばにあった羊母さんの顔に喜んで抱きつく。

『いい子ね、もっと遊んでいいのよ』

羊母さんも嬉しそうだ。

「壊さないように、気をつけるんだぞ」

アンドリューさんが注意すると、兄妹《きょうだい》は何度も頷《うなず》いた。

ふと扉の方を見たら、逃げていった他の三人も戻ってきて、羨《うらや》ましそうに覗《のぞ》いている。

私が手招きしてみせれば、彼らは笑顔で店に入ってきた。

「余計なことをしたかな」

すっかり賑《にぎ》やかになった店内で、アンドリューさんは予定を変更して、お茶を飲みながら子供たちを見守る。その目は羊母さんを心配しているようだ。

私は首を横に振ってみせる。

「あの羊の置き物は昔から子供の相手をしてきたらしいから、大丈夫ですよ。中も補強されているようなので、よほどのことがなければ壊れないと思います」

「ならよかった」

シャイアさんが小さなカップを五つ用意して、子供たちを呼ぶ。けれどなかなか羊母さんから離れようとしない。その様子を見て、私はとてもいいことを思いついた。

「ねえ、アンドリューさん。タニアさんのお店に、あの置き物――羊母さんを置いてもらったらどうかな」

「祖母のところに？」

驚くアンドリューさんをよそに、私は羊母さんのもとに行き、彼女に聞いてみる。

「ねえ、羊母さん。雑貨店をしているマダム・タニアが、ひ孫たちと離れ離れになって寂しい思いをしているの。彼女を助けてくれないかな」

『いいわよ、私がいれば子供たちが寄ってくるでしょう。でも条件があるの』

「条件って？」

『その新しい持ち主が、子供好きで、子供たちを大切にしてくれる人であることよ』

私はマダム・タニアをそれほど知っている訳ではないけれど、シャイアさんとアンドリューさんの話を聞く限り、その条件はぴったり当てはまる気がする。それから話は早かった。

アンドリューさんは一も二もなく羊母さんを引き取ることを了承してくれた。

一方のタニアさんは、精霊の宿《やど》る骨董品を引き受けるなんて荷が重いかも……と少し心配だったみたい。けれど、不安事は私とシャイアさんがフォローすると伝えると、それならと頷《うなず》き、持ち主となるのは名誉なことだと喜んでくれた。

さっそく私とシャイアさんで羊母さんを梱包《こんぽう》し、アンドリューさんが持ってきてくれた荷馬車に積みこむ。

その頃には夕暮れが近づいていたにもかかわらず、近所の子供たちが見送りに来てくれた。

「羊母さんはマダム・タニアのお店に行くから、遊びに行ってやってね」

子供たちが手を振る中、羊母さんは新天地に出発。

お店ではタニアさんが待ち構えていて、日当たりがいい場所を空《あ》けておいてくれていた。

「ありがとう、アオイさん。羊さん、これからよろしくね」

まるで生きているものにするように、羊母さんの頭を撫《な》でるタニアさん。

子供たちが来てくれて、タニアさんが元気を取り戻しますように。そう祈りながら、シャイアさんと共に雑貨店をあとにする。

そして街を見下ろし——私たちは息を呑んだ。

真っ赤に染まる空と、赤茶色の瓦屋根《かわらやね》の連なりが、港まで続く。そしてその先には——

「浮島《うきじま》に、雲が……」

いくつか浮かぶうちの最も大きな一つに、黒い雲がかかっていた。その雲の奥に何かがチカチカと光っている。雷だろうか。

「今晩あたり、嵐が来るかもしれませんね」

「え、嵐が来るの？」

『ほう、そんなことがわかるのか』

私の声を聞きつけたのか、しばらく気配を消していた橘が姿を現す。

「断言はできませんが、浮島《うきじま》が作る乱気流のせいで、この国へ至る航路が複雑になり、太古より外敵から守られてきました。その乱気流は、ときにひどい嵐をもたらします。そんな嵐のあとは、時おり浜に精霊付きの骨董品が流れ着くのです」

「もしかして、嵐がこの世界と他の世界を繋《つな》ぐの？」

「ええ、そう言われています。もちろん繋《つな》がるのは毎回ではないようですが」

雲をかき集めるようにして、その巨大な姿を隠していく浮島《うきじま》。

それを見つめながら、橘がぽつりと呟《つぶや》く。

『たしかに、あちらの世界が引き寄せられるかのように、近づくのを感じる』

「それ、本当？」

『間違いない。元の世界の気配は確かだ……この世界にいるはずのさくらの気配よりも強い』

落胆の表情を浮かべる橘。

「それでも、さくらの気配はこちらの世界にあるってことだよね？」

『まことにかすかだが……こちらの世界に感じる』

手を伸ばせば帰れるかもしれない、元の世界。だけど帰るために探さねばならないさくらは、はるか遠く、どこにいるとも知れない。

もどかしくなる私たちに、シャイアさんが声をかける。

「急ぎましょう、雲が広がる前に戻らないと」

シャイアさんのあとを追う私の耳に、橘が囁《ささや》く。

『さくらは、必ず見つけられる』

「うん、まだこれからだもの。頑張らなくちゃね」

信じるしかない、元の世界に戻るために。

それは私と橘の誓いとなった。


店に帰った私たちは、嵐の到来に備えてしっかりと戸締まりをして回る。

骨董品たちが心配ではあったけれど、屋敷はしっかりした造りだ。今まで強風で被害が出たことはないと聞き、私はホッと胸を撫《な》で下ろした。

そして私とシャイアさんは、迎えに来てくれたクレメンスさんの馬車に乗り、城の寮《りょう》へ向かう。

馬車に打ちつける風雨は、あっという間《ま》に激しさを増していく。

嵐の海で溺《おぼ》れてこちらの世界に来た私にとって、トリップ後初めての嵐だ。シャイアさんは寮《りょう》で別れるとき、一人で大丈夫かと心配してくれたけれど、私は精一杯笑って、おやすみなさいの挨拶《あいさつ》をした。


嵐は夜中まで続いていたものの、私は昼間の疲れもあってか、まあまあ眠れた。

翌朝、目を覚ました私はぼんやりと考える。

結局、あの嵐は異世界を引き寄せ、繋《つな》がったのだろうか。気になったものの、どうやったら調べられるのかわからない。あとで橘に聞いてみようかな。

嵐が去ってすっきりと晴れたようで、カーテン越しでも朝日が眩《まぶ》しい。

大あくびをしながら身支度を整え、食堂で朝食をいただく。そしてシャイアさんとの待ち合わせの場所に向かうと、すでに彼女は待っていた。

「おはようございます、アオイ様。昨夜は風が強かったですね。眠れましたか？」

「大丈夫です。シャイアさんも眠れました？」

そんな会話を交わしながら、一緒に馬車に乗る。

今日は、エドウィン王子の招待を受けた人が店に来るらしい。

馬車の中でシャイアさんと接客の分担を話し合っていると、蹄《ひづめ》の音が聞こえてきた。

気になって外を見たら、正面から馬に乗った数名がやってくる。その先頭にいるのは、見覚えのある――

「エドウィン様！」

「アオイと、シャイアか」

馬に乗ったエドウィン王子は、側近のクレメンスさんと剣を携《たずさ》えた衛兵二人を連れていた。

王子が私たちの馬車に馬を寄せると、御者《ぎょしゃ》が馬車を止めてくれる。

「これから店へ向かうところか？」

「はい。エドウィン様は、浜の様子を見に行かれたのですか？」

シャイアさんの問いに答える前に、エドウィン王子は私を見る。

黒髪の王子様は威厳に満ちており、なんだか近寄りがたい。

「昨夜の嵐では、特にこれといった漂流物はなかった。異世界とは繫《つな》がらなかったのだろう」

「嵐のたびに、見回りをしているんですか？」

「そうだ。嵐のあとは浜へ近づかぬよう人々に通達してあるが、誰も確認しないままでおれば、宝物を持ち去る者が出かねない。それに人が流れ着き、死なれでもしたら困る」

困る、という言葉に少しだけカチンとくる。

でも保護してもらった身では反論できず、ぐっと堪《こら》えていると――

「言葉がすぎます、エドウィン様。アオイ様がこの世界に来てくださって、一番助かっているのはどなた様ですか？」

シャイアさんが苦言を呈《てい》してくれた。エドウィン王子はバツの悪そうな顔をする。

「……ああ、わかっている。俺の言い方が悪かった。アオイ、店に必要なものがあれば用意させる。遠慮なく言ってくれ、なるべく早く店を軌道に乗せ、少しでも品数を減らしてくれることを期待している」

どうやら王子はシャイアさんには弱いみたいだ。彼女は満足げに頷《うなず》く。

「昨日、アオイ様はさっそく一品、新しい持ち主を見つけられました。きっとこれからも上手くいくでしょう」

「ちょっとシャイアさん、それは言いすぎだよ」

「本当か？」

エドウィン王子は驚いたように私を見る。

私は気後《きおく》れしつつおずおずと口を開く。

「一つだけですけれど、羊の置物をマダム・タニアの雑貨店に引き渡しました。でも、おそらくビギナーズラックで、私がどうというわけじゃ……」

「いやいや、上出来だ。急いで店を再開させてよかった。これからもその調子で頼む」

エドウィン王子は上機嫌になり、激励されてしまった。私は困りながらも頷《うなず》く。

「……はい、頑張ります」

「ああ、期待している」

エドウィン王子はそう言って、衛兵たちを引き連れて城へ戻っていった。クレメンスさんも、柔らかい笑顔で手を振って去っていく。

再び走りだした馬車に揺られ、私はため息をついた。

「ああ、緊張した」

「エドウィン様は恐ろしい方ではありませんよ。そのように硬くならなくても大丈夫です」

クスッと笑うシャイアさん。そりゃあ彼女は、幼い頃から一緒にいる存在だろうけれど、私にとっては気後《きおく》れする相手だ。

「それはわかってるんだけどね……。最初の印象が、ちょっと怖かったせいもあるかも」

「本当に申し訳ありませんでした。言葉で説明することができなかったので、仕方なく」

「ピアスのこと？　ううん、あのときは仕方ないと思う。どちらかというと、彼の寝不足な顔の方が怖かったというか……。あの容姿がちょっと気になったしね」

「容姿、ですか？」

きょとんとするシャイアさんに、私はまごつきながら説明する。

「ええと、悪い意味で言っているわけではなくてね。私、容姿に劣等感があるの」

「アオイ様が、容姿にですか？　そんなことを感じる必要はないと思いますよ。とてもかわいらしいですし、この国でも違和感なく、馴染《なじ》めるお顔立ちです」

シャイアさんがフォローしてくれる。でも、違和感がないのが本当ならば、かえってつらい。

「あのね、違うの。私の生まれた国じゃ、黒髪で黒い瞳の人が最も多いんだよね。母親が外国人だったから、私だけ友達と容姿が違っていて、たまに嫌な思いをしたの。だから憧れた黒い色が誰よりも似合う王子が、ちょっとだけ妬《ねた》ましいなって思っていて」

「まあ……そうでしたか」

「ほんのちょっとそう思っただけよ。気を悪くしないでね」

いまだに劣等感を引きずっていることは、我ながら情けないと思う。

「お気になさらないでください、むしろアオイ様のことが知れて嬉しいです。それに、とても奇遇です。実はエドウィン様も同じ環境だったんですよ」

「同じ？」

「ええ。エドウィン様のお祖母《ばあ》様が異国の方で、その方に似て黒い髪と瞳をお持ちなのです。昨日、街でエドウィン様と同じ黒髪の方をお見かけしましたか？」

そういえば、みんな明るい色の髪をしていて……

「黒髪の人はいなかったね……言われるまで気にならなかった。けど、王子様だからいじめられるなんてことないでしょう？」

シャイアさんは苦笑いを浮かべた。

まさか違うの？

「今はもう、ご自身の髪と瞳の色を誇りにしていらっしゃると思います。エドウィン様はお祖母《ばあ》様を尊敬なさっていましたから」

『今は』ということは、子供の頃は違ったということ？

だとしても、誇りに思えるなんて、やっぱり羨《うらや》ましい。シャイアさんには悪いと思いつつも、エドウィン王子に対して妬《ねた》ましい気持ちが晴れることはなかった。

馬車は工房通りに着くと、私たちを降ろして城へ帰っていく。

今日は開店二日目。気持ちを切り替えなくては、と自分に言い聞かせて店の扉を開けると、中では精霊たちがうろうろしていた。

「……昨日戸締まりしたときに、倉庫の扉に封印の鍵をかけたはずだけど？　それでも好き勝手に動けるんだね」

『そんなの、橘殿がいる限り気休めさ。御仁《ごじん》の力で自由になれるのだから』

答えたのは、茶釜《ちゃがま》の狸《たぬき》。橘が放《はな》つ神気が、他の精霊にまで力を与えているらしい。

封印の意味がないじゃないかとがっくり項垂《うなだ》れて、手元の鍵を見る。

しかし気を取り直して、開店準備に取りかかった。

橘は奥の部屋でうわばみと囲碁をしているようなので、声だけかけて掃除をはじめる。

さて、エドウィン王子にしっかりやると約束もしたことだし、頑張らなくちゃ。

準備が整ったところで、見計らったかのように呼び鈴が鳴った。

私とシャイアさんは顔を見合わせ、急いで扉に駆けつける。

二人で先を争《あらそ》うようにして扉を開けると、そこにいたのは小綺麗なジャケットを着こなし、帽子をかぶった老紳士。

彼のことはよく覚えている。昨日、来てくれたお客様だ。

そのときに老紳士が気にしていたのは、立派な彫刻や時計、陶器などの美術品ではなく、工芸品であるトンボ玉だった。

ならば宝飾品に関心があるのかなと、カメオのブローチや指輪などもすすめたけれど、そちらには見向きもしなかった。

今あるトンボ玉は和風な柄が多く、珍しくて興味が湧いたのかもしれないけれど。

私は改めて老紳士におじぎをする。

「いらっしゃいませ」

「こんにちは、今日は孫を連れてきました」

彼の後ろから出てきたのは、小柄な二十代くらいの女性。彼女は頭を下げると、頬を染めながら一気にまくしたてた。

「こんにちは。私は東の市場通りにある装飾品店で働いている者です。祖父から聞いて、いてもたってもいられなくて、来てしまいました。ここにとても個性的で美しいビーズがあるっていうのは、本当ですか？」

彼女が言うビーズとは、老紳士が見ていたトンボ玉のことだろう。私は大きく頷《うなず》いた。

「はい、トンボ玉と呼んでます」

「お願いします、ぜひ見せてもらえませんか？」

女性は瞳を輝かせる。私は「もちろん」と答え、彼女たちを店内に誘う。

そしてすぐさまトンボ玉を集めた。心なしか、トンボ玉の小さな精霊たちが浮き足立っている。

私の周囲をぴょんぴょん飛び回りながらも、みんなの視線は彼女を追っていた。彼女が自分たちに興味を持ってくれているのが、わかるのだろう。

私はドキドキしつつ、箱に並べたトンボ玉を彼女の前に差し出した。

すると彼女はピシリと固まり、動かなくなってしまう。そしてしばらくその大きな青い瞳で見つめた後、ため息と共に呟《つぶや》いた。

「ああ、なんて素敵なの。一つ一つの中に世界が詰まっている」

それは間違いなく賞賛の言葉だった。私は頬が緩んでしまう。

「気に入ってもらえたのなら、嬉しいです」

「私、近いうちに自分のお店を持つつもりなんです。手作りの宝飾品を売る、小さな店です。注文を受けて、例えば結婚指輪や、記念のネックレスのような特別なものを作りたいと思っています。そのために珍しい石やビーズを探していました。ぜひこれを私に売ってください」

願ってもない申し出に、私はすぐにでも頷《うなず》きたくなった。けれど、ぐっと堪《こら》える。

「いくつか、確認をさせてください。これらの品には、力はあまり強くないけれど精霊が宿《やど》っています。陽気で無邪気な、かわいい子たちです。だから大事にしてくれる人に、売りたいと思っています。それと売買に責任を持ちたいので、署名をいただきたいのです。顧客名簿程度に考えていただけたらいいのですが、その……」

私が言いづらくて口ごもっていると、女性は察して言葉を引き継《つ》いでくれる。

「私の売るお客さんにも、同様にしたらいいんですね？」

「……できますか？」

「はい、オーダーの注文のみに使うようにします。だけど一つ不安がありまして……。お客さんがそのトンボ玉を気に入ったとしても、精霊たちがどんな気持ちか、私にはわからないのです。綿毛のような優しい気配くらいなら感じられるのですが、お気持ちまでは……」

女性はあまり精霊に敏感ではないらしい。

私は頷《うなず》き、周囲にいるトンボ玉の精霊たちに聞いてみた。

「この人がね、お祝いの指輪や、ネックレスにみんなを使いたいんだって。どうする？」

思い思いに動いていたトンボ玉の精霊たちは、一斉に私を見上げる。

『いろんなところに行けるの？』

『楽しいこといっぱい？』

『もう箱の中はイヤ』

あちこちから、素直な答えが返ってきた。

「指輪やネックレスになったら、いつも誰かの体につけてもらうことになるよ。それはいい？」

これまた揃ってかわいらしい頭を縦に振ってみせた、小さな精霊たち。

「新しい持ち主になってほしいとき、どうやって伝えてくれるかな」

『そんなの簡単！』

『ウキウキするもの』

その返事に私は首をかしげた。トンボ玉たちがウキウキしているのは、見えない人には伝わらないかもしれない。

私は悩んだ末に、逆の質問をしてみる。

「じゃあ反対に、嫌いな人に買われそうになったら？」

色とりどりの小さな精霊たちは互いに顔を見合わせ、声を揃えた。

『イタズラしちゃう！』

すると机にあった立て掛け式のペンが、ころんと転がった。椅子の脚がギシギシと揺れ、展示用のガラスケースで静電気がバチッと音を立てる。

精霊たちにとって、小さなものを動かして意思表示するのは、簡単なことのようだ。

「ええと、一応こんな感じで、嫌なら意思表示してくれるみたいです……」

元の世界で遭遇したら、心霊現象だと思われてしまうだろう。私は心配しながら、彼女を見るが――

「これなら私にもわかりやすくて安心しました。精霊が宿《やど》っている品だと伝えておけば、希望される方はそういうものだと理解して買い求められますし、特別感が増してよいと思います」

てっきり怖がられるかと思いきや、微笑んだままの女性と老紳士。

想像以上の理解の早さに驚きつつ、私はトンボ玉を差し出す。

「私から言うことは、もうないです」

「それじゃ、選んでもいいのかしら？」

彼女は、とても嬉しそうに目を輝かせる。結果として約半分のトンボ玉が彼女に引き取られることになったのだった。

彼女が顧客名簿に記入していると、紅茶を出したシャイアさんが驚いたように名簿を覗《のぞ》きこむ。

「あなたが、エディス・ファーナビー様なのですか？」

シャイアさんの嬉しそうな問いかけに、女性は驚く。

「私のこと、知ってるの？」

「はい。巷《ちまた》でとても人気の装飾工芸作家ですもの。私も作品を見に行きたいと思っていました」

シャイアさんがそう告げると、女性――エディスさんが照れたように頬を染めた。

「光栄です」

エディスさんはどうやら有名人のようだ。私はますますホッとしてシャイアさんに笑いかける。

「そんな方なら、トンボ玉たちを安心して任せられるね！」

「はい、ファーナビー家といえば、ここらでは知らない者はない炭鉱主の一族です。……失礼ですが、あなた様はご当主のサー＝バートランド・ファーナビー様でいらっしゃいますね？」

シャイアさんは話しながら老紳士に向き直った。すると彼は控《ひか》えめに頷《うなず》く。

思いがけず通じ合った様子を見て、私は驚いた。

「シャイアさん、お知り合いだったの？」

「いいえ。有名なお方ですので、存じ上げていただけです」

「私も、あなたのことは存じ上げておりますよ。エドウィン様のそばにいつもいらっしゃる」

サー＝バートランドさんの言葉に、シャイアさんははにかむように微笑み返す。

そんなやり取りをしている隣で、エディスさんと売買契約書を交わす。これで手続きは終わり、トンボ玉は彼女のものとなった。

　トンボ玉が入った箱を渡すと、エディスさんはとても幸せそうな顔をする。

「格安で譲《ゆず》っていただけて助かります。私は、庶民のための装飾を提供するつもりです。高い宝石じゃなくても、一生大事にできるものを作りたくて……。これでまた一歩、夢に近づいた気がします」

『彼女はなんて言っているの』と、周囲で騒ぐトンボ玉の精霊たち。

　私が通訳すると、トンボ玉の精霊たちも嬉しそうな顔をした。

　大事そうに箱を抱えるエディスさんにお礼を言って、見送る。すると孫娘よりも先に、老紳士が静かに頭を下げた。

　彼がどういう人なのかは私は知らないけれど、きっと彼女のよき理解者なのだろう。

　二人並んで帰っていく彼らの後ろ姿は、とても微笑ましい。遠いイギリスにいる祖母を思い出して、いっそう恋しさが募《つの》った。

『どうした、蒼衣。小さきモノたちの旅立ちを、祝おうではないか』

　ふわりと漂《ただよ》ってくる橘を見上げると、彼は杯《さかずき》を掲《かか》げていた。

「そうだけど……まだ明るいのに、もうみんな宴会をしているの？」

『なに、じきに日が陰《かげ》る。見よ、街に明かりが灯《とも》る』

　橘が指し示す先で、街灯が灯《とも》る。

　窓から見える空は、赤く染まりはじめていた。

「そんな時間だったんだ、夢中で気づかなかったよ」

『よい仕事をしたな』

「うん。トンボ玉も羊母さんも、うまくやっていけるといいな」

『なに、気に入らねばすぐに戻ってくるだけよ。ここはそういう場所だろう』

そうだった、ここは骨董品たちの居場所。橘の言う通り、何かつらいことがあったら、またここに集《つど》えばいい。陽気な精霊たちが、いつだってここで迎えてくれるから。

そして私も微力ながら、彼らの手伝いをしていくのだ。

売れた品物はたった二つだけ。でも買う人と、骨董品たちの幸せそうな笑顔が、私の胸をほんのりと温かくする。

骨董品を愛する人へ、求める品を届けるための手助けをしていく。今していることが、まさに私の夢だった。

この世界に渡る前、私は仕事のことで父と喧嘩した。父は骨董品を倉庫に置いたまま、利益を出すために名義だけを次々と変える手伝いをしていたことがあったせいだ。もちろん、父の仕事すべてがそういったものではない。

それがわかっていても、私は骨董品を心から欲しい人のもとへ届けるのが骨董商の仕事だと思っていたので、すごくショックだった。私自身が骨董品と正面から向き合うために勉強をはじめたばかりだったから、理想しか見れていないのもあったかもしれない。

けれど今、私が本当にやりたかった形で骨董品店を営《いとな》めている。

まさか異世界で夢を叶えられるとは、思ってもみなかった。

動きはじめたこの仕事に、今だけ夢中になってもいいだろうか。

帰るための希望、さくらが見つかる、そのときまで——


骨董品店主としてスタートを切ってから、毎日があっという間《ま》で、気づけば一週間が経っていた。

たくさんある骨董品はどれも素晴らしく、そして我儘《わがまま》で、特別な手入れが必要なものばかり。

シャイアさんと二人で奔走《ほんそう》しているうちに、日々が過ぎ去ってしまう。

大変だけど、骨董品が綺麗に磨かれていくと、とても嬉しくなる。やっぱり私は骨董品が大好きみたい。

そんなことを実感しつつ、今日は故郷とゆかりの深い品々の手入れをすることにした。

茶道の茶碗や花器、螺鈿《らでん》の美しい漆器《しっき》。そして、どうやって海を越えたのかわからないけれど、掛け軸まである。どれも大切にされて時を経たものばかりだ。

和物をひとまとめに展示しようかと考えながら、小さな箱を開ける。すると紅《あか》いちりめんにくるまれた、動物を象《かたど》った文鎮《ぶんちん》や箸《はし》置き、かんざしや櫛《くし》などの小物がたくさん出てきた。

それらの精霊は眠っていたらしく、着物を着たウサギ頭や猫頭の童《わらべ》たちが、目を擦《こす》りながら現れる。

『ひなたぼっこしようよ』

『まだ眠いよ』

そんなやりとりをしているので、一番日当たりのいい棚にちりめんを広げ、彼らを並べてあげた。精霊たちは嬉しそうに笑い声を上げて、棚に寝転がりながら外を眺める。しばらくそこに置いておこうかとも思ったけれど、あまり長時間日が当たると、傷《いた》んでしまう。

気をつけようと心に留め、次の箱に手をつける。

ずらりと並んだ箱の中身を一つずつ確認していると、違う趣《おもむき》の箱が紛《まぎ》れこんでいるのに気づいた。

「運ぶときに間違えたのかな……これって違う棚だよね」

「どうなさいました？」

離れたところで商品リストを確認していたシャイアさんが、私の様子に気づいて手元の箱を覗《のぞ》きこむ。

「ランプ、ですね」

木箱の中で古びた布にくるまれていたのは、ガラス製のシェードランプだった。傷つけないよう慎重に、箱から取り出す。

「思ったより重量がありますね」

「うん。本体が真鍮《しんちゅう》だし、シェードのガラスも厚みがあるから。でもどうしよう……」

私の言葉に、シャイアさんは首をかしげる。

「何か問題が？」

「ええとね、これって電気がないと明かりがつかないのよね」

「電気、ですか？」

シャイアさんはまたまた不思議そうに言う。

このランプは電球が灯《とも》るタイプのもので、当然電気を通す必要がある。しかし私の知る限り、この世界には電気がない。明かりには火か、特別な石を使っているはずだ。

私はシャイアさんに用意してもらっていた布手袋をはめる。一通り構造を確認すると、ランプを窓際まで持っていく。目線より高く持ち上げ、暗くくすんだガラスシェードに光を透過させた。

すると、大きく羽を広げ、月夜に舞う揚羽蝶《あげはちょう》が色鮮《いろあざ》やかに浮かび上がる。

「……まあ、なんて綺麗な絵柄でしょう」

驚きの声を上げたのは、私の後ろからシェードを覗《のぞ》いていたシャイアさんだった。

「うん。これはね、明かりを灯《とも》してあげないと本来の色が出ないの」

「そうだったんですか。どうして暗く濁《にご》った色のガラスをわざわざはめてあるのかと、不思議だったのです。まさかこんなに美しく鮮《あざ》やかな色が出るなんて……」

シェードグラスは、私たちの足元に赤や緑、黄色や青の光を落としていた。

私はぽつりと、シェードランプのことを思って言葉をこぼす。

「光を当てられることで輝く芸術――このままじゃ輝けない」

そのとき、ランプを持つ私の手に、白く細い指が重なる。そして、耳元で小さな声が聞こえた。

『輝きたい……』

「え？」

振り返ると、そこに立っていたのは、大きな揚羽蝶に顔を覆《おお》われた女性。だけど見えたのは一瞬で、彼女はまるで幽霊のようにすっと見えなくなってしまった。

「消えた。どうして？」

私はきょろきょろ周囲を見回すが、やはり女性の姿はない。

『これはひどく弱っている。思いが遂《と》げられないからか』

「え？」

私の疑問に答えたのは、橘だった。小さな姿の彼は私の近くに浮かび、悩ましげに言う。

『そのランプは、かなり昔にこの世界に渡ってきていた古参だそうだ。以前、他の精霊から聞いたことがある』

「本当？　でもそれと、消えてしまったことと、どう関係があるの？」

『長く思いを遂《と》げられぬことで、力を失ったのだろう』

「思いって……『輝きたい』って聞こえた、あれ？」

『そうだ』と、橘は頷《うなず》いた。

たしかにランプの本懐《ほんかい》は、暗闇《くらやみ》に光を灯《とも》すことだろう。そのために作られたのだから。

元の世界ならばとても簡単でも、ここには電気がない。

いっそのこと、火を使うランプに作り変える……？　いや、そんなことをしたら、美しいガラスシェードが煤《すす》けてしまう。

そこまで考えて、私は王城に滞在していたときのことを思い出した。

「シャイアさん、お城の照明って、たしか火を使ってませんでしたよね？」

「あれは、石を使っているのですよ。発光石という、とても貴重なものなのです。城内と役所、それから寺院などの、重要な施設にしかありませんし、それも滅多《めった》に見かけません。庶民は普段、油を利用して明かりを灯《とも》しております」

「発光石……」

「稀《まれ》に見つかるのですが、光の精霊が気まぐれに太陽の光を集め、石にしたものだそうです。一度光りはじめたら、何年もその効果が続くため、とても重宝《ちょうほう》されます。他にも熱を溜めこむものや、冷気を発するもの、水が湧き出る岩なども発見されておりまして……」

うわあ、ファンタジーだ。やっぱりここは異世界なのだと、改めて実感する。

「シャイアさん、その発光石って高価なの？」

「そんな、値段をつけられるようなものではありません。発見されたものは寺院が管理することになっているんです。とはいえそこから貸し出す形で利用されていますが、なにしろ数が少なくて」

「売ってないってこと？」

「はい、申し訳ありません」

ショックを受ける私に、なぜか謝るシャイアさん。

「じゃ、じゃあ、少しの間だけでも貸してもらうってわけには……」

「エドウィン様経由で、寺院に交渉していただければ……あるいは王家が借用している城内の発光石を一時的に貸していただける可能性はあります。ただ前例がありませんし、理由を問われるでしょう」

よくわからないけれど、簡単に借りられるものではないらしい。

そのとき、ランプのそばで様子を見ていた橘が、私のところに飛んできた。

『蒼衣、その蝶の女は、すぐにでも起こす必要がある』

「え？　そりゃあ、できるならそうしたいけど……どうしたの、急に？」

『ここにいるものたちは世界を渡ってまだ日が浅い。うわばみたちですら、さくらが渡った日よりもあとに来ている。このランプはかなり古参なので、さくらの情報を持っている可能性がある。だが、もう力を失いかけているぞ。このままでは……』

「ちょっと待って」

不穏な雰囲気を察し、私はシャイアさんが見ていた商品リストを借りる。そして蝶のランプの項目を探したが――

「ああ、私には読めなかったんだった」

翻訳《ほんやく》ピアスが効果を発揮するのは、音だけ。文字はさっぱり読めないことを忘れていた。

慌てて、シャイアさんに蝶のランプの項目を探してもらう。

「ええと、こちらの品が流れ着いたのは、十年ほど前ですね」

「十年前！」

『さくらがこちらの世界に渡ったのは三年前だ。当時精気を失っていなかったら、流れ着いたさくらを覚えているかもしれない』

店にあるリストにさくらの情報が残っていないか、先日シャイアさんに探してもらった。さくらのことは秘密なので、壺のコーナーを作ろうかなんて苦しい言い訳をつけて、壺をピックアップしてもらったのだ。だけどリストに載っていたのは、ここに保管されている品物だけ。

もしこのランプの精霊がさくらを覚えていたら……初めての手がかりになるかもしれない。

なんとしてでも、このランプの精霊を起こさなくては。

「ねえ、シャイアさん。どうしても発光石が欲しいんです、なんとか手に入れる方法はないですか？」

「アオイ様、無茶です。滅多《めった》に見つかるようなものではないのですよ」

「なら、本当はやりたくないけど、電球を外して火を入れる？　少しの間なら煤《すす》の汚れも落とせるかも」

『蒼衣、一時的な気休めでは、かえって酷だ』

「でも……このままじゃどのみち消えちゃうんでしょう？　せめて一時《いっとき》でも輝けたら、取り戻せるものもあるかもしれない。せっかくあんなに美しいのに――」

二度と光れないだなんて、切なくて仕方がない。

さくらの情報のためだけじゃない。輝きたいと願った声に、応《こた》えてあげたい。

「アオイ様……。寺院にお願いするのは一つの手なのですが、私はそうしたくありません。――エドウィン様と寺院を接触させたくないのです」

「どうして？」

私の問いかけに、シャイアさんは眉尻を下げた。

「アオイ様には、お伝えしていなかったことがあります。以前、直接お願いされましたよね？　エドウィン様が『精霊の愛《いと》し子《ご》』であることを、口外しないようにと」

ああ、そういえば。お願いというか、迫力満点に言い渡された気がする。

「実は、男性の『精霊の愛《いと》し子《ご》』――精霊を見聞きできる者はとても稀《まれ》なのです。しかも寺院で役職に就《つ》けるのは、男性の『愛《いと》し子《ご》』のみ。だから寺院は保護という名目を掲《かか》げて、男性の『愛《いと》し子《ご》』を集めています。また、精霊信仰はこの国だけのものではなく、いくつもの国にまたがって存在しているのです。そのため『愛《いと》し子《ご》』を有する寺院の高僧たちは、国々に多大な影響を及ぼすことができます」

「理解できますでしょうか？」と問われ、私は頷《うなず》く。宗教が国家権力を凌《しの》ぐことは、私の世界でもあった。

「もし、エドウィン王子が『精霊の愛《いと》し子《ご》』だと知られたら、どうなるの？」

「王位継承権を、放棄せざるを得なくなるかもしれません」

そこまでのことなのかと、私は驚き固まる。

「アンレジッド王国は歴史ある国ではありますが、他国や寺院の影響を排除しきれるほど、大きな国力を持っているわけではありません。寺院がエドウィン様を迎え入れたいと動けば、防げるかどうかわかりません」

「寺院とやらはそんなに影響力を持っているの？」

「寺院の権威を利用する他国の思惑《おもわく》が絡《から》んだら、可能性としてありえるということです。アンレジッド王国のためを思えば、このままエドウィン様に国を治めていただくのが、最良の道だと私は信じております。こんなことをお願いするのは心苦しいのですが、王家が管理するこの店の店主となったアオイ様にも、自《みずか》ら寺院と関わりを持つようなことは、控《ひか》えていただきたいのです」

精霊が見えないふりをするエドウィン王子に、そんな事情があったなんて……。

今朝会った彼の、近寄りがたい姿を思い出す。

「それでも、エドウィン王子は骨董品を回収するために、いつも見回っていると言っていたよね。関わると、精霊たちが見えているとバレる危険が増えるのに、どうして？」

「それは……」

言いよどむシャイアさん。王族だもの、庶民にはわからない難しいことがあるのかな。

「王太后様――エドウィン様の亡くなられたお祖母《ばあ》様からのお言いつけなのです」

「お祖母さんって外国から嫁いできたっていう？」

「はい。エドウィン様はお祖母《ばあ》様に、容姿以外もとてもよく似ていらしたので」

「まさか、そのお祖母《ばあ》さんも『精霊の愛《いと》し子《ご》』、とか？」

「そうです。王太后様はアオイ様と同じくらい、精霊とコミュニケーションを取ることができました。女性なので極秘ではなく、もちろん寺院にも知られています。そんな事実もあり、容姿がよく似たエドウィン様は、小さい頃から寺院に目をつけられていたのです」

「じゃあこの件では、王子のつてを頼れないってことだね」

「申し訳ありません」

そう言って深々と頭を下げるシャイアさんに、大丈夫と笑ってみせる。

エドウィン王子に不利益なことをしてまで、無理を押し通すつもりはない。

だけどどうしたら、あのランプを輝かせられるんだろう。

途方に暮れていると、誰かが店の扉をノックする。

シャイアさんが扉を開けると、ガラス職人のアンドリューさんがいた。展示ケースの打ち合わせの時間だったことを思い出し、私は慌てて箱を片付けながら彼を招き入れる。

「アンドリューさん、いらっしゃい。散らかっていてごめんなさい」

「やあアオイ、今日はきみにお礼を言わなくちゃならないんだ！」

「お礼、ですか？」

アンドリューさんは店に入るなり、私の手をぎゅっと握《にぎ》りしめてくる。

「祖母がすっかり元気を取り戻してくれたよ。きみが紹介してくれた羊の置物が、驚くほど効果を発揮してくれてね。さすが精霊の力だ」

「本当ですか？」

「ああ、すっかり元通りだよ。羊の置物目当てに子供たちが店に寄ってくれるようになってね。子供たちにつられて、祖母も動き出して」

「まあ、それはよかったです」

シャイアさんも笑顔になる。

「本当にありがとう、アオイ。今は親子連れに喜ばれる商品の仕入れを増やしているところだよ。

それでこれは祖母と俺から、二人にお礼だ」

そう言ってアンドリューさんは、お菓子がたくさん入った紙袋を渡してくれた。

「わあ、美味《おい》しそう！」

私の声を聞きつけて、精霊たちが集まってくる。

私は慌ててシャイアさんにお皿を持ってきてもらうと、お菓子を二つに分ける。一つは私たちの分、もう一つは精霊たちに。彼らに精気を吸われてしまったら、美味《おい》しく食べられなくなっちゃうからね。

その隣で、アンドリューさんは図面を取り出して机に置き、売り場をぐるりと見回した。

「ちょっと店内を見せてもらってもいい？」

「もちろんです」

私が答えると、アンドリューさんは店内を歩き回りはじめた。商品を眺めて、サイズを測っては何かを呟《つぶや》き、メモを取る。

彼は意外にも掛け軸が気に入ったようで、私に使い方や材質など、いろいろ聞いてきた。彼の好奇心に応《こた》え、他の骨董品たちについても説明して回る。

そして一周するとアンドリューさんは機嫌よく頷《うなず》き、私に言った。

「だいたいの状況はわかったよ。棚のケースだけのつもりでいたけど、床置きのものも必要だね？建具屋《たてぐや》と相談してからデザイン案を作り直そう。見積もりも含めて出すから、必要なものだけ選んで発注してくれればいい。どう？」

「もちろんです、お願いします」

彼との相談はこれで二度目だけれど、前回もこんな調子で話が早かった。

話が終わったところで、シャイアさんがお茶を淹《い》れてくれる。しかし彼はじっとしていられない性質《たち》みたいで、今度は窓際に置いてあった揚羽蝶のランプに近寄った。

「ねえ、ここにあるってことは、これも精霊付きだろう？　ガラス製だよな？」

「そうです。ステンドグラスとは違って、色をつけたガラスを彫《ほ》って模様をつけたものなんですよ。深い色合いとデザインが特徴の、実用を兼ねた美術品です。残念ながら、本来の姿はここでは見せられないんですけど……」

「え、なんで？」

驚いた表情のアンドリューさんに、さっきシャイアさんに伝えたのと同じ説明をする。すると、彼はシェードを光に透《す》かしながら、私以上に悔しそうに言う。

「もったいない！　だって、一枚のガラスの中にこんなにたくさんの色をつける技法、見たことない。まるで魔法のようだよ。……見てみたい、内側からの光で輝く、美しい蝶の舞《まい》を」

アンドリューさんは興奮気味にまくしたてた。

詩的なことを言うなあと感心していると、彼はランプを手に取って考えはじめる。

「シェードをこのままで、明かりを灯《とも》せるよう作りかえたらどうかな」

「上手くできると思いますか？　改造しようとして壊すのは避けたいのですけど」

「ちょっと待って」

アンドリューさんはシェードの内側にはまった電球を外し、唸《うな》る。

「うーん。これは、火を使ったらダメだね。この美しいガラスが煤《すす》けるだなんて、想像しただけで我慢ならない」

やっぱりガラス工芸家のアンドリューさんも、私と同じ意見だった。

「発光石は持ち合わせていないし、どうしたらいいのか悩んでいるんです」

「じゃあさ、発光石を探しに行ったら？」

「……探す？」

「そう、稀《まれ》にだけど、見つかることがある」

「そうなんですか!? じゃあすぐにでも探しに行きます！ もう時間がないの」

アンドリューさんからの提案に、思わず叫ぶ私。

しかし間髪《かんはつ》を容《い》れずに、シャイアさんに一蹴される。

「と、とんでもありません！ 発光石が見つかるのは、人の手が入っていない森や山です。とても危険ですよ。それに闇雲《やみくも》に探して見つかるものでもないのですから……！」

シャイアさんのすごい剣幕に、私は萎《しお》れる。一方のアンドリューさんは、にいっと笑みを浮かべた。

「大丈夫だって、実は俺にあてがあるんだ」

「アンドリューさん、それ本当？」

「ああ、アオイもこいつに明かりを灯《とも》してやりたいだろう？」

「もちろんです！」

「ならよく聞きな。ゼファード親方の息子のデリックってやつが、郊外に大きな窯《かま》を持っている。それで燃料を取るために頻繁に森へ入るらしいんだが、つい先日に正体不明の光を見たと言ってた。その光は、精霊が落としていった発光石なんじゃないかって噂だ」

「落としていった？」

どういうことかわからずに首をかしげると、彼は詳しく説明してくれる。

ここで言う精霊とは、骨董品に宿《やど》るものとは違い、この世界で生まれた純粋な精霊のことだという。火や風や光、それらの自然から生まれるものらしい。そして、それらの精霊が、発光石をはじめとする特別な石を作り、気まぐれに落としていくとか。

それはたしかに貴重そうだと納得し、はたと気づく。

「でもそれって、勝手に拾っちゃってもいいの？」

「ああ、拾ったあとに寺院に届けを出せば、罪にはならない。それに見つかったものが小さくて寿命が短い発光石なら、貸し出しという名目で拾い主に戻されるんだよ」

「アンドリュー。そうやって石を探しても見つからないことが多いじゃないの。それにどうして、あなたがそんなに乗り気なの？」

シャイアさんの疑問に、アンドリューさんは即答する。

「俺だってガラス職人だよ。この一見《いっけん》暗く濁《にご》った細工が、光を浴びたらどんな姿を見せてくれるのか、見たいに決まってるじゃないか。アオイだってそうだろう？」

彼の輝く瞳は、どんな言葉よりも雄弁だった。

「はい。私もなんとしてでも明かりを灯《とも》してあげたい。見つからずに終わるかもしれなくとも、まずは探してみたい。やってみなくちゃ、何もはじまらないもの」

アンドリューさんは私の答えを聞いて、「よく言った」と頷《うなず》く。

「シャイアさん、このランプには時間がないの、もし何もしてあげられないまま精霊が消えてしまったら、私はきっと後悔する」

「アオイ様……わかりました。ですが危険がないよう、必ず付き添いを誰かにお願いしてください」

するとアンドリューさんが間に入ってくれた。

「心配しないで、シャイア。デリックが立ち入る場所は限られている、その範囲を探せばいいだけだ。デリックに話をつけて、俺も一緒に行くから」

思いがけない助け船に、私は驚く。

「アンドリューさんまで探しに行ってくれるんですか？」

「ああ、アオイには祖母の恩がある。これくらい安いものだよ。それに面白そうだし」

「助かります、アンドリューさん。ぜひお願いします」

揚羽蝶のランプに再び明かりを灯《とも》す——それが私の役目だ。

そして色鮮《いろあざ》やかに生き返る彼女を、この目で見てみたい。

「わかった、任せろ。あと、もう仲間みたいなものだろ？　アンドリューって呼んでくれよ」

彼は人懐《ひとなつ》っこい笑顔で、私に右手を差し出す。私もまた笑顔で彼の手を取った。

「ありがとう、アンドリュー！」

そうして私とアンドリューは、協力者となった。


――アンドリューとがっちり握手を交わしてから、今日で早三日。

彼からはなんの音沙汰もなく、当然ながら発光石の捜索にも行けていない。

今日はシャイアさんがどうしても外せない用事ができたらしくて外出したので、店番は私一人。お客さんがいない間は、奥にある保管庫の片付けをすることにした。トンボ玉が売れてからは、めっきり暇なのだ。

そこは、たくさんの箱が積み重ねられている。そしてなぜか最奥に一段高い床《とこ》の間《ま》があり、橘の本体である大壺《おおつぼ》が据《す》えられていた。

「橘はせっかく綺麗なのに、この倉庫みたいな部屋に仕舞われているだけでいいの？」

『いい、見世物《みせもの》になるつもりはないからな。私は売り物ではない』

ふわふわと浮かんでいる橘に聞くと、彼は即答する。

「はいはい。売り物になりたくないのね」

ちょっぴり呆れつつ私が答えると、足元でかわいらしい声がした。

『私も個人に売られるのはイヤ。誰か一人のものになるよりも、飾られて大勢に鑑賞される方が、とても気持ちがいいわよ』

陶器でできた小さな貴婦人の精霊だ。

「うん、みんなの望みに合う相手に、巡《めぐ》り合えるといいよね。そのためにも、もっとたくさんの人たちに来てもらわないと。エドウィン王子が知り合いに声をかけてくれているって、シャイアさんから聞いたけど、大丈夫かな……」

思わず弱音を吐いてしまう。すると橘が首をかしげた。

『どうしてそう不安に思う？』

「王子が紹介してくれるお客さん、貴族とかお金持ちの商人でしょう？　私みたいなどこの馬の骨とも知れない小娘、信用してもらえるのかなあ。私はまだ知識不足で、未熟だし」

頑張るとは言ったけれど、不安は尽きない。

この独り言のような愚痴《ぐち》に、思ってもいなかった人物が返事をした。

「そんな心配はいらない。この店にある商品は王家のお墨付きだ。店主は、俺の信任が厚い人物だということとも、周知してある」

私と橘が振り返ると、そこにはエドウィン王子がいた。

「エドウィン王子？　それに……」

王子だけではない、彼の後ろには側近のクレメンスさん、そしてアンドリューまでいる。

「アンドリューから話を聞いて、様子を見に来た」

シャイアさんが他の仕事の都合でいない今日に限って、彼が来るだなんて反則だ。

私は大慌てで保管庫から出る。しかしエドウィン王子は私をよそに、つかつかと窓辺に近づきランプを手に取った。

「……おい、揚羽《あげは》。もう声すら上げられなくなったのか？」

ランプを見下ろしたままそう問いかける王子。揚羽というのは、ランプの呼び名のようだ。私が答えようとすると、橘に止められた。

『蒼衣、静かに』

「え？」

橘は王子をまっすぐ見る。

温かい光が差していた窓辺に、ふいに雲の影が落ち、室内が淡《あわ》く陰《かげ》った。しばらくして戻った光の筋の中に、精霊の姿が見えた。

大きな揚羽蝶の仮面で顔を覆《おお》った、ランプの精霊だ。消えそうな儚《はかな》さで王子の隣に立ち、彼を見ている。

「……こんな状態になるまで気づいてやれなくてすまない」

王子がそう言った直後、揚羽は微笑みながら淡《あわ》く消えた。

彼女は古株なのだから、エドウィン王子との思い出があっても不思議ではない。

王子は惜《お》しむように、ランプをゆっくりと窓際に置く。そしてくるっとこちらを振り向くと、いつもの無表情に戻って口を開いた。

「さっそくだが、発光石の探索は今夜とする。待ち合わせ場所はデリックの仕事場。メンバーは俺とアオイ、アンドリュー、案内役としてデリックだ。時間はそうだな……本格的に暗くなる前に出発するか」

突然のことについていけず、私は慌てた。

「ちょ、ちょっと待ってください、捜索ってまさかエドウィン王子も一緒に行くんですか?」

「当たり前だ、発光石がいらないのか?」

必要に決まってる！　でもそういう話ではない。

「あ、そうだ、シャイアさんにも相談を——」

「あいつがいると面倒だ。だから今日は違う仕事を入れさせておいた」

え……えええ！

シャイアさんが外せない用事だと言って出かけたのは、王子の企《たくら》みってこと?

私は驚きで言葉を失う。しかしエドウィン王子は気にした様子もなく、話を進めた。

「捜索にはそこのタチバナを連れてくるといい。そいつならどこにでも行けるのだろう?　万が一遭難しても、精霊を通じて位置の確認ができるのは都合がいい」

そ、そそ、遭難!?　そんなに深い森に行くのだろうか。

「あんまり脅かすなよ、エド。アオイがかわいそうだろう」

見かねたのか、クレメンスさんが王子をたしなめてくれる。

「脅かしているつもりはない。用心のためにも覚悟を促《うなが》しただけだ」

王子は相変わらず素《そ》っ気《け》ない。アンドリューは苦笑しながら私に声をかける。

「アオイ、大丈夫だよ。エドウィン様は大袈裟《おおげさ》なことを言ったけど、ハイキングをする程度の森だから。それに、地理に詳しいデリックがいるから、安心して。ただし、暗い中じゃないと発光石を見つけづらいから、どうしても夜に行かなくちゃならない。足元には注意が必要だってことは覚えておいて」

私はとりあえず頷《うなず》く。足元には注意、ね。

しかし、王子の最重要注意点はそこじゃなかったらしい。

「いいかアオイ、シャイアには絶対に言うなよ？」

「はぁ」

気の抜けた返事をする私。

エドウィン王子はなぜか満足げに頷《うなず》き、クレメンスさんと一緒に慌ただしく店を去っていった。

嵐のようだと思いながらホッと息をつくと、残っていたアンドリューが笑う。

「ごめんよ、アオイ。昨日仕事でエドウィン様と顔を合わせたときに、あのランプのことをつい喋《しゃべ》っちゃったんだ。そしたら彼、なぜかやる気満々になって」

「いいですよ、私も本気で探しに行きたいと思っていますし。ただ、王子様の手を煩《わずら》わせていいのかと……」

「ははは、そんなに畏《かしこ》まらなくても大丈夫。ここアンレジッド王国の王族は、王様を筆頭にとても気さくな方たちばかりだから。王族だって家族みたいなものさ」

そんな雰囲気は、たしかに感じていた。治安がいいのも、そういった理由からなのかも。

すぐにでも発光石が欲しいのは事実で、王子様に逆らう理由はない。

だけど……と、自分の格好を見下ろす。薄手のブラウスに膝丈スカート、滑《すべ》りやすそうな薄手のブーツを履いている私。

「アンドリュー、こんな格好でも大丈夫な森ですか？」

「そうだった。上着と靴だけでもなんとかした方がいいね。うちの奥さんのものでよければ、待ち合わせの前に持ってくるよ。着替えたら一緒にデリックの仕事場へ行こう」

遠慮なく彼の厚意に甘えることにする。

「よろしくお願いします」

『ようやく探しに行けるのか。面白くなってきたな、蒼衣』

ばっちり聞いていた橘が、にやにや笑っている。

橘の言う通り、私もなんだかワクワクしてきた。

それからアンドリューは自分の工房に戻り、私は店で作業を再開する。

熱中していると時間が経つのは早い。気づけば日が傾きはじめ、探索に出かける時間が近づいていた。日干しに出していた骨董品たちを、奥の部屋に片付けて鍵をかける。

そこで橘がワクワクしながら近づいてきた。

『出発か？』

「まだよ、アンドリューが来てくれたら出発。いつ帰ってこられるかわからないから、軽食を取っておこうと思って」

私はそう答え、鞄《かばん》からおやつ用に買っておいたカップケーキを取り出し、椅子に座る。

橘は『まだか……』と残念そうにしていたが、数秒で持ち直した。

『まあ、もうすぐのことだな。蒼衣は私がしっかり守護している。大船に乗ったつもりでおればよい』

「うん、頼りにしてるよ。でも橘、私ちょっと気になることがあるんだよね」

『気になること？』

カップケーキにかぶりつきながら思い出すのは、さっき見たエドウィン王子の後ろ姿。

表情は見えなかったけれど、彼が揚羽にかける声はどこか切なかった。

「揚羽と王子は、どんな関係だったのかなと思って」

『以前は揚羽も姿を現せただろうし、それで王子にちょっかいをかけたのかもな。あの男は蒼衣よりもある意味、面白い』

「面白いって、どういうこと？」

『見えないふりをしているから、蒼衣よりもからかいたくなる』

うわあ、ひどい。精霊たちは基本的にいたずら好きだから、王子に同情する。

橘はにやりと口角を上げたあとに、『それはさておき』と話を戻した。

『真実を確かめるには、揚羽は精気を失いすぎている。私の力で干渉すれば霧散《むさん》しかねないほどに』

「霧散《むさん》って……精霊にとって死ぬってこと？」

『そう。だがこのまま放っておけば、遅かれ早かれ揚羽は消える。まあ……二十年も経過すれば、再び精霊として形を成せるだろう。そのときには、あの男の知る揚羽ではないかもしれないが』

「別人になるってこと？　本体は変わらないのに？」

『精霊は実体などない、虚《うつ》ろな存在だからな。誰も保証できない』

それは、なんだかとても悲しい。

揚羽の力が弱まっていることは、エドウィン王子も寂しいのだろうか。

だから自《みずか》ら、発光石を探しに行くと言いだしたの？

『どうした、蒼衣？』

「ううん、なんでもない。見つかるといいね、発光石」

いつにまにか手を止めていたことに気づき、急いで残りのカップケーキを食べた。

そうしているうちに、アンドリューが迎えに来てくれた。彼の奥さんが山菜取りに行くときのブーツを借りて、厚手の上着に袖《そで》を通す。

そして店を出ると、アンドリューの仕事用の馬車に乗りこんだ。もちろん、上機嫌な橘も一緒。

「ねえ、アンドリュー。デリックさんの仕事場ってどこ？」

「街外れにある。そんなに遠くないよ」

赤く染まりつつある空を眺めながら馬車に揺られていると、数分で目的地に到着した。馬車から降りて、私は目を丸くする。なんとエドウィン王子が仁王《におう》立《だ》ちしていたのだ。

「待ちかねたぞ」

王子はいつもの煌《きら》びやかな衣装とは違い、黒地に紺の柄程度の簡素な衣装を着ている。黄昏《たそがれ》時の今、遠くから見たら、彼は全身真っ黒なちょっと怪《あや》しい人だ……

「張り切ってるねえ、エドウィン様」

ちょっと引いた私とは違い、アンドリューは楽しげに馬車から荷物を下ろす。そしてあたりを見回した。

「デリックはどこですか、エドウィン様？」

「こっちだ」

王子に先導されて向かったのは、大きな煉瓦《れんが》屋根の工房の裏手。そこには、かなりの大きさの登《のぼ》り窯《がま》があった。

「デリック」

「ああ、いらしたんですね。ようこそ、あなたがアオイさんですね」

デリックと呼ばれたのは、若くて小柄な青年。彼は工房通り商店街をまとめるゼファード親方の息子さんだという。現役を引退したゼファードさんからここの大きな窯《かま》を譲《ゆず》り受け、陶工として活躍しているのだとか。

デリックさんの自己紹介を聞き終え、私は改めて頭を下げる。

「はじめまして、骨董品店の店主を任されているアオイです。今日はよろしくお願いします」

「話は聞いているよ。もうすぐに真っ暗になる、足元が明るいうちに出発しようか」

挨拶《あいさつ》もそこそこに、私たち四人は出発することになった。

工房の裏には、深い森が広がっていた。山が近くて傾斜もかなりある。

気をつけるよう言われたにもかかわらず、私は何度も湿った枯れ葉に足を滑《すべ》らせ、すぐ王子に手を引かれて歩くことになった。

先頭は道案内のデリックさん。その後ろにエドウィン王子。王子に引っ張られるように手を繫《つな》ぐ私が続き、最後尾は私の足元を照らしてくれるアンドリュー。

これって、私が来ない方がよかったんじゃ……

そんなことを思いながら、森に入って一時間。真っ暗な闇《やみ》が広がる森の中、疲労困憊《こんぱい》な私のために、開《ひら》けた場所で少しだけ休憩することになった。

私は切り株に腰を下ろし、ため息をつく。

するとデリックさんが声をかけてくれた。

「ここは昨年のうちに伐採《ばっさい》した場所なんだ。発光石らしき光を見かけたところまで、もう少しだよ」

「よかった」

バテ気味な私には朗報だ。

アンドリューが気を遣って、私のそばに明かりを置いてくれた。その炎が照らす森を見上げる。

私たちを囲んでいるのは、ずいぶんと背の高い木々。開《ひら》けた場所には木を切り倒した跡があり、そのわずかな隙間《すきま》に背の低い若木が育っている。風になびく梢《こずえ》の隙間《すきま》から、星が見えた。

アンドリューが背負っていたリュックから水筒を取り出し、私にも水をくれる。ありがたくいただいて水筒を返すと、エドウィン王子が立ち上がって私に手を差し出した。

「そろそろ出発しよう」

私が王子の手を取ろうとしたとき、突然風が吹いて、近くの枝が覆《おお》い被さってきた。突然王子が思いきり私の腕を引いたので、私は前に倒れてしまう。

「わあっ！」

驚いて声を上げた私を、エドウィン王子は抱きとめてくれた。訳がわからず顔を見上げると、エドウィン王子は安堵《あんど》したような表情を浮かべる。

「あれは触れるとかぶれる植物だ。触ってないだろうな？」

「触れていません。おかげで避《よ》けられたみたいです」

そういう植物は元の世界にもたくさんある。エドウィン王子の気遣いにお礼を言ってから改めてその技を見ると……見覚えのある葉だった。

「これって、もしかして……」

『漆《うるし》、だな』

橘が覗《のぞ》きこみ、そう呟《つぶや》いた。私も同じ意見だ。

『あらゆる意味でよく似た世界だから、不思議ではあるまい』

「やっぱり？」

そう言われてみれば、たしかに。

漆《うるし》の木があるくらいなら、この世界オリジナルの漆器《しっき》も存在するかもしれない。あるとしたらどんな意匠《いしょう》の品物なのかな。もしかしたら、漆《うるし》以外にも工芸品がたくさんあって、それらにも精霊が宿《やど》るのだろうか。こちらの世界で生まれた品物に宿《やど》る精霊とも、出会える日が来るのかな。

なんともいえない、くすぐったいような気持ちが胸に湧き上がってくる。

「アオイ、ぐずぐずしていると置いていくぞ」

エドウィン王子に促《うなが》され、私たちは再び森の奥に向けて出発したのだった。


休憩から十五分も歩いた頃、ついに案内役デリックさんの足が止まった。

「わあ、すごい」

私も止まって目線を上げると、大きな幹の木々の間から、街の明かりが見えた。

日本の夜景とはまた違う、柔らかい光が、街中《まちじゅう》にちらばっていた。そしてすっかり暗くなった夜空には、数多《あまた》の星がまたたいている。

幻想的な景色に感動していると――

「アオイ、遠くはいいから足元を探せ」

「……わかってます」

エドウィン王子の声で、現実に戻されたのだった。

私は大人しく、暗い闇《やみ》の広がる森に視線を向ける。

そのとき、小さな光を探すため、アンドリューがランプの火を吹き消した。

「きゃ！」

驚きびくつく私に、王子が声をかける。

「おい、どうした？」

「ごめんなさい、暗闇《くらやみ》に驚いただけです」

「元から暗いのに？」

この世界の人には当たり前の暗さかもしれないけれど、日本で生きてきた私にとっては尋常《じんじょう》ではない闇《やみ》だ。淡《あわ》く光る橘がそばにいるにもかかわらず、怖くて足がすくんでしまう。

「仕方ないな、掴《つか》まっていろ」

エドウィン王子はそう言うと、私の手を強く引いた。

「わ！」

「いちいち驚くな」

「だって、エドウィン王子は全身真っ黒だから、余計に見失うんだもの」

「悪かったな、黒くて。お前は反対側を見てろ」

びっくりして思わず言い返してしまったのに、それを咎《とが》めることはせず、いつも通りのエドウィン王子。けれど、私の手を掴《つか》む彼の手は、温かくてホッとした。

相変わらず、厳しいのか優しいのかよくわからない。でも、面倒見はいい人なんだろうな。

そんなことを思っていると、エドウィン王子は橘を指さして訝《いぶか》しげな顔をする。

「おい、あいつは何をしている？」

「え？　橘？」

光をまとった橘は、ふわりと森の奥へ飛んでいく。

彼が止まったのは、地面がえぐれて窪地《くぼち》になったところだった。橘は池のような丸い窪《くぼ》みの真ん中に佇《たたず》み、真下を指さす。

「そこなのか？」

王子は橘に尋ねながら、私の手を引いてずんずん進んでいく。

「え、ちょっと待って、本当に？」

「アンドリュー、明かりを灯《とも》してついてこい」

王子は窪《くぼ》みから十メートルほどのところで足を止めた。

不思議に思って見ていると、エドウィン王子は小石を拾い、窪《くぼ》みの中央――橘が浮かぶ真下に投げ入れる。すると小石は枯れ葉を巻きこむようにしながら、すっと吸いこまれて消えてしまう。

「まさか……枯れ葉の下は池なの？」

「池というより、窪《くぼ》みに水が溜まっているのだろう。仕方ないな」

大きな枝を拾い、エドウィン王子とデリックさんが、水に沈んでいた枯れ葉を取り除く。すると濁《にご》った水の底に何かが見えた。

窪《くぼ》みは半径五メートルくらいあり、案外大きい。それに深さもそこそこありそうだ。

「アンドリュー、明かりを消せ」

王子がそう言った次の瞬間、あたりに闇《やみ》が落ちた。かき混ぜられて揺れる泥水の合間に、何かが光る。

「あった、発光石だ」

王子の声を聞いて、泥水に目をこらす。すると水の中を漂《ただよ》う葉の間から、チラチラと光がまたたいた。

「本当だ、あった！」

私は歓喜し、何も考えず泥水の中に足を踏み入れ――

「ぎゃあっ!!　何ここ、すごく深い！」

ずぼっと足が沈む感覚に恐怖で震えた。まるで高いところから落ちるような怖さがあったのだ。

私は慌ててエドウィン王子の手を強く握《にぎ》り、泥水から上がる。

そんな私に彼は呆れて言う。

「何をやっているんだ、慌てすぎだ」

「だって、発光石があったと思ったら、体が動いちゃって……」

言い訳をしていると、王子は怖気《おじけ》づく私の手を握《にぎ》ったまま、泥水にゆっくり片足を入れる。彼の足が長いからか、どうやら底にしっかり足が触れたらしい。

「……思ったより浅い。来い、アオイ」

「……え？」

「お前が拾うんだ」

「なんで？」

エドウィン王子が拾っては、いけないのだろうか？　だって彼はすでに片足を入れていて、安全に拾えそうだ。わざわざ先ほど失敗した私がやる必要はない。

それにさっき感じた恐怖のせいで、私は上手くいく気がしない。

「む、無理！　さっき沈みかけたところを見たでしょう!?」

「俺が抱き上げる、だから来い！」

「きゃあああっ」

大きな腕に簡単に捕まってしまった。暗闇《くらやみ》で体勢を崩し、恐怖でいっぱいになる。

「どうしてこの状況で、あなたじゃなくて私が？」

「お前も『精霊の愛し子《いとご》』だからだ」

耳元で聞こえたエドウィン王子の言葉。

「え？」

驚き固まった私を、エドウィン王子は幼子《おさなご》にするように縦抱きにして、水の中を歩きはじめた。

「石は精霊の領域だ。彼らは最初に手にした者と縁《えにし》を結ぶと言われている」

「……縁《えにし》」

以前橘にも、私たちは縁《えにし》で繋《つな》がっていると言われた。

「お前を落としたりしないと約束する。俺の代わりに石を掴《つか》んでくれるだけでいい」

その言葉にハッとする。

「私でなくちゃいけないのではなく、エドウィン王子ではダメってこと？」

「俺が精霊と縁《えにし》を結ぶと、『精霊の愛し子《いとご》』であることが寺院にも知られる可能性がある。だから悪いが、ここはお前に拾ってもらう。あの蝶のランプに光を灯《とも》したいのは、お前もだろう？」

そうだ、揚羽を救いたい。そう思ったのはたしかに自分だ。

「……うう、わかった、やります」

「物分かりがいいやつは嫌いじゃない」

そう言うと、エドウィン王子は私を横抱きにした。私は落ちないよう左腕を彼の首にしっかりと回し、右手を泥の中へ伸ばす。

彼が歩いてきたせいで水面が荒れていて、石の光が点滅する。

冷たい水と重い泥の体積を感じながら、肘まで浸《つ》かったところで、指先に硬いものが触れた。

「あ、あった」

他にも石はたくさん転がっていたのに、なぜか確信した。

私の声に応じるように、橘が近づいてくる。

『そうだ、それが精霊の石だ、蒼衣』

橘に後押しされ、意を決してそれを掴《つか》む。

握《にぎ》りしめた手を引き上げると、泥まみれの腐った葉や蔦《つた》が腕に絡《から》んだ。

「う、うう……」

「大丈夫だ、すぐに綺麗にしてやる。しっかり握《にぎ》っていろ」

そう言われて手を見ると、指の間から光が漏《も》れていた。エドウィン王子は安堵《あんど》の笑みを浮かべる。

闇《やみ》に溶けこむような彼の黒い瞳に、発光石の光が反射して美しい。

そのとき、アンドリューが明かりをつけてくれて、私たちは無事水から上がった。

デリックさんはすぐに私の上着を脱がせて、水筒の水を肘にかけて洗ってくれる。

そしてようやく、私は手のひらを開く。

指を一本ずつ外していくと眩《まぶ》しいくらいの光が現れる。私は唖然《あぜん》としてそれを見つめた。

とても明るいのに目を刺すようなものではない、どこか優しい光。石は思ったよりも小さく、ビー玉にも満たないくらいだ。まるでガラスの中に、光が閉じこめられているみたい。

「これが、発光石？」

「そうだよ、ここに入れて」

アンドリューが差し出したのは、小さな丸いガラス瓶。どうやら今回のためにアンドリューが作ってくれたらしい。私は小さな発光石を慎重に瓶へ転がし入れ、ようやく緊張から解き放《はな》たれる。

「はあ……終わった」

「ご苦労だったな、アオイ。目に見えなくとも、縁《えにし》は結ばれた。この発光石はお前の力になってくれるだろう」

そうか……そうだよね。

私はガラス瓶の中で光る石に、これからよろしくねと挨拶《あいさつ》をした。

それからアンドリューにもう一度綺麗な水をもらい、念入りに手を洗う。しかし、どことなく泥臭い。

石を探すだけでこんなに汚れるなんて、思わなかった。たしかにシャイアさんは嫌がりそうだ。

「シャイアさんに内緒な理由がわかったわ」

「言わない方がいい」

エドウィン王子は素《そ》っ気《け》なく言ってそっぽを向いた。やはり王子の弱点は、シャイアさんに違いない。それを知って、少しだけスッとした気分になった。

それから私たち四人は、来た道を引き返し、無事にデリックさんの工房に帰る。

明るい場所で改めて互いの姿を見て、笑いがこみ上げた。

エドウィン王子なんて膝下はもちろんあちこちに泥がついている上に、全身に枯れ葉やらクモの巣が絡まっている。それに、いつもは整えられた艶《つや》のある黒髪がボサボサだ。まあ、私も同じようなものだけれど。

「大した浴室じゃないけど、うちで綺麗にしていったらどう？」

見かねたデリックさんが提案してくれたけど、すでに時間が遅いのもあり、遠慮した。

大急ぎで馬車で骨董品店に戻り、ひとまず発光石を金庫にしまうと、あとのことは橘に任せる。

私はエドウィン王子と共にお城へ帰る。時間は深夜、人がいない停車場で降り、エドウィン王子に別れの挨拶《あいさつ》をしようとすると、送っていくと言われた。

「え、でも、寮《りょう》はすぐそこだし。エドウィン王子も疲れてるよね。それにデリックさんも言っていたけど、すぐ着替えた方がいいよ……」

彼の艶《つや》のある黒髪は、泥とクモの糸らしきもので白くなっている。

私は苦笑いしながら、手を伸ばしてそれを払ってしまった。すると、彼は身を捩《よじ》る。

「いい、俺のことは気にするな」

私ははたと気づいて手を引っこめる。

「……ごめんなさい、つい。それに失礼なことばかり言ってしまいました」

今晩はいろいろなことがあって、いつの間《ま》にか気安く喋《しゃべ》っていたが、彼は王子様。あまり親しげに接していい相手ではなかった。

けれど彼の方はそんなつもりではなかったのか、笑みを浮かべながら、私の頭に手を伸ばす。

「そう畏《かしこ》まらなくてもいい。そんなことより自分のことを気にしろ。枯れ葉までついている」

気づけば王子は、私の髪を手櫛《てぐし》で梳《す》いて草を払っていた。

私は驚いて後ずさりし、彼の手から逃《のが》れる。

「気にならないです。元から、枯れ葉色の髪って言われますからっ！」

テンパり気味にそう言うと、エドウィン王子は納得できないという表情で続けた。

「枯れ葉色？　そう言った者は目がおかしいんじゃないのか？　普通はこれを黄金色というのだろう」

「黄金色って……それは言いすぎです。そこまで明るくないし」

「暗い森の中では、俺の不吉な色とは違って、わずかな明かりを拾ってよく目立っていた」

エドウィン王子は私が逃げた分だけ近づいてきて、私の髪を指ですくってそう言う。

だけど私はなんて答えたらいいのかわからず、ただ笑って誤魔化《ごまか》すしかなかった。

エドウィン王子がどう感じようと、大多数の同級生とは違う枯れ葉色が、私のコンプレックスであることに変わりはない。

エドウィン王子は黙って私を見る。

気まずい空気から逃げたくて、私は彼から視線を逸《そ》らす。そして誤魔化《ごまか》しついでに口を滑《すべ》らせた。

「王子の黒髪は美しいです、瞳も……私とは違って」

だけど驚いたような表情の王子を見て、はたと自分の言ったことを顧《かえり》みる。

「あ、あの、違う。いや、あのね！　私の国の人はほとんど黒髪だから……それで嫉妬《しっと》しちゃって、ごめんなさい。……あ、いえ、申し訳ありません」

また口調が砕けてしまった。

「……そうなのか」

「はい。だからさっきのは忘れてください」

「いいだろう。俺に対してもタチバナやアンドリューと同じように畏《かしこ》まらずに話すなら、忘れてやる」

え、そこ？　と驚いたものの「善処します」と返事をする。

王子は笑みを浮かべて頷《うなず》いた。

「黒い髪を褒められるのは慣れてない。この髪は祖母譲《ゆず》りでね。祖母の国でもあまりない色らしく、祖母も幼い頃はいじめられたそうだ」

「そうなんですか。そういえば私の祖母は茶髪だけど、祖母の双子の姉は黒髪だったそうです。やっぱりいじめられたみたい。世界が違ってもそういうところは同じですね」

どこに行っても異端は嫌われるのかと、うんざりする私。王子はなぜか目を見開くと、数秒後に口元を緩めてポジティブなことを言う。

「……そうか。ところ変われば美しいと言われるのなら、悪くない」

エドウィン王子は何か満足したらしい。

「ほら、その話は終わりだ。さっさと行くぞ」

有無を言わせない口調で押し切られるのは、もう何度目だろう。

仕方なく言う通りにして寮《りょう》に向かったら……

寮《りょう》の入り口で仁王立《におうだ》ちしていたシャイアさんに、二人揃って大目玉を食らった。

「このような時間までアオイ様を連れ回すなんて、どういうおつもりかご説明いただけますか？　エドウィン様」

シャイアさんの凄《すご》みは迫力満点だ。

「これは仕方がないことで、本人も了承済みだ」

「了承させたのでしょう？　そもそも王子であるエドウィン様に逆らえるとお思いですか？　アオイ様はまだ年若い女性です、悪い噂を立てられでもしたら」

矢継《やつ》ぎ早《ばや》に出てくる小言を、エドウィン王子は渋い表情で受け流す。

シャイアさんは、いっそう凄《すご》みを増して声を大きくした。

「聞いていますか、エドウィン様！」

「ああ、聞こえている。シャイアに話したのは、クレメンスか」

エドウィン王子が向いた方を見れば、苦笑いを浮かべたクレメンスさんが立っていた。

「仕方ない、察しのいいシャイア嬢にうそをつき通すことはできない。彼女に追いかけられ問い詰められるのは、なかなかの役得だったが、女性を悲しませるのは騎士の名折れだし」

「都合よく矜持《きょうじ》を売り渡すな、お前の主《あるじ》は俺だろう」

そこで、二人のやり取りの間に割って入るシャイアさん。

「それで、何をなさっていたのですか？　そのような格好になってまで」

「それは明日にでも、アオイから聞いてくれ」

「ずるい！　エドウィン王子、私に丸投げ？　シャイアさんに喋《しゃべ》るなって言ったくせに！」

思わずそんな風に叫んでしまってから、ハッとする。

彼を敬遠する気持ちが、いつにまにか薄らいでいた。今晩の思いがけない冒険と、先ほどのやりとりのせいだろうか？

「アオイ様も、ずいぶん汚れて……。この時間では寮《りょう》の湯殿《ゆどの》は閉まっています。お疲れでしょうがエドウィン様のお部屋で湯をお使いになってください。さあ！」

私の腕を引き、城へ連れて行こうとするシャイアさん。

というか、勝手に決めていいの？

戸惑って後ろを振り返ると、王子は肩をすくめるだけ。

私もシャイアさんに逆らう術《すべ》が思い当たらず、結局王子の居室へ行くことになったのだった。


翌日、私とシャイアさんは骨董品店に向かう馬車の中で、互いの顛末《てんまつ》を語り合う。

彼女はエドウィン王子から突然仕事を与えられ、そちらに向かったらしい。それも実家がらみの面倒事だったため、向かわざるを得なかったのだとか。

「エドウィン王子、そんなにシャイアさんに邪魔されたくなかったのかな」

「アオイ様のお話を聞いていますと、そのようですね。当然ながら、最初にお話をうかがっておりましたら、お止めしたかと」

「それはやっぱり、エドウィン王子が寺院に関わる可能性が出てくるから？」

「それもありますけれど、夜の森に女性を連れて出かけるなんて、言語道断です。いくらエドウィン様がついていらっしゃっていても、山野には獣《けもの》がおります」

「獣《けもの》って……狼とか熊とか？」

日本の都市部で暮らしていると、獣《けもの》に襲われることなんてない。環境の違いに改めて驚く。

「……ご無事で何よりです」

「はは、ありがとう。筋肉痛はひどいけどね」

丘の上から森に入るコースは、ちょっとしたトレッキングに近かった。全身が筋肉痛だ。

特に左腕がパンパンに張っている。泥池に落ちまいと、必死でエドウィン王子にしがみついたせいだろうか。彼の肩にはひどいアザができているのではと、今さらながら戦々恐々としている。

そんなこんなもあり、今日の出勤は昼からに決めていた。そうしても誰も文句を言わないのだから、なんて優雅な仕事だろうか。

「ところでシャイアさんの実家の件はもう大丈夫？　休んでも大丈夫だよ」

「いいえ、家のことは兄に任せれば大丈夫ですから。それより、発光石を私も拝見したいです」

シャイアさんにお兄さんがいるとは初耳だった。彼女のお兄さんなら、きっと優しくてすごくハンサムに違いない。

そんなことを考えているうちに骨董品店に到着。私はまずゼファードの親方を訪ねる。そして彼に付き添いを頼んで、手に入れた発光石の届けを出しに、寺院へ行ってきた。

発光石を拾った森の所有者は、デリックさんの父親であるゼファードさん。その彼の許しを得て私が拾ったことを告げると、思っていたよりあっさり貸し出し許可をもらえたのだった。

今日はさっそく、揚羽に明かりを灯《とも》すつもりだ。

立会人は私とシャイアさん、それから橘。他の精霊たちも興味津々《しんしん》だろう。

店に帰ってシャイアさんと「明かりを灯《とも》そう」と話していると、橘から待ったがかかった。

暗くなってから発光石を入れようというのだ。発光石は常時同じ光を発しているわけではなく、昼間は淡《あわ》く、夜になると一層強く輝くらしい。

『消えかけた力を取り戻すために、より効果的な手段を選ぶ方がよい。暗い中での方が光は美しく見えるからな。ほんの少しの失望でも、それが彼女にとって、とどめになりうる』

「とどめって……ちょっと、怖いこと言わないでよ！」

私は窓辺に置かれた揚羽のランプを見る。

ここからでは暗い羽を広げた黒揚羽にしか見えない彼女が、もうすぐ色を取り戻す。灯火《ともしび》が失望を呼ばないことを、今は祈るしかない。

そして、夕闇《ゆうやみ》が迫る頃。工房通りの軒先《のきさき》に、次々に明かりがついた。薄暗くなった骨董品店のランプに、シャイアさんが火を灯《とも》して回る。

そのとき、エドウィン王子がひょっこりと店に現れた。彼も橘と同じ考えで、夕刻を狙って来たのかもしれない。

奥に設置したアンティークのテーブル上で、発光石が入った瓶が輝く。

その光の様子を見て、エドウィン王子が声をかけてくる。

「そろそろ、いい頃合いだろう」

「うん、そうだね」

私は窓際に近づくと、揚羽のシェードの中に手を入れ、元から入っていた古い電球を外す。

電球が収まっていた穴は、アンドリューが作った球体の瓶を置くのに、ちょうどいいサイズだ。

私は発光石の瓶をそっと持ち上げ、その穴に置く。

すると、発光石の光を受けて、黒い蝶がきらめきながら息を吹き返した。

シェードは星がきらめく夜空。釣《つ》り鐘《がね》型の空を支える支柱は、大樹の幹。そこに咲く花に舞い降りた大きな揚羽蝶は、黒い紋様の中に黄色やかすかな赤を抱えている。

その存在感は言葉に例えることすらできず、私は総毛立《そうけだ》つ。

「すごい……綺麗」

私は揚羽からそっと手を離し、その全体の美しさを確かめようと数歩後ずさって――何かにぶつかった。

見上げると、背後にいたのはエドウィン王子。彼は私のことなど気にせず、揚羽を見つめている。

『揚羽が、起きる』

「え？」

橘の言葉でハッとして前を向くと――

蝶が飛び立つみたいに浮き上がり、精霊の揚羽が現れた。

王子は私を押し退《の》けて、女性の姿を持つ精霊の揚羽の前に立つ。

彼女の色鮮《いろあざ》やかな蝶の仮面が、まるで生きているかのようにゆらゆらと羽を揺らしていた。

彼女が王子に顔を向けると、淡《あわ》い栗色の髪がなびく。

「久しぶりだな、覚えているか」

『……その、髪』

揚羽の細く頼りない腕が伸び、王子の前髪を撫《な》でた。彼はされるがままにしている。しばらくして、揚羽は少しだけ口角を上げた。

二人は、どんな関係なのだろう。

気になったけれど詮索してはいけないように感じ、私は黙って見守る。

「お前の望みは、果たされたか？」

『……何？』

二人の言葉が通じてないことに、今さらながら気づいた。あんなに親しそうなのに……

私は揚羽に向かって王子の言葉を通訳する。

「揚羽。エドウィン王子はあなたに、望みが叶ったか聞いてるよ」

『私の望み……』

揚羽は少し考えるように、己《おのれ》の両手を見下ろす。

「輝きたい——そう言っていたよね」

『そう。灯台のように、標《しるし》として』

「灯台？」

聞き返した私の言葉に反応したのは、エドウィン王子だった。

「アオイ、この者は灯台と言ったのか」

「うん、灯台のように輝きたいと……どういう意味かな」

彼は思い当たることがあるのか、急に狼狽《ろうばい》してぽつりと呟《つぶや》く。

「そうか、あの日のことか」

「あの日って？」

業《ごう》を煮《に》やしたのは、私ではなく黙って成り行きを見守っていた橘だった。

『面倒だ、説明を待っていられない。見せてもらおうぞ』

「ええ？」

突然何を言うのかと橘を振り向こうとしたとき、私は背中を押されエドウィン王子の方によろめく。とっさに王子が伸ばしてくれた手にしがみついたのだけど、もう片方の手は揚羽に触れていた。

次の瞬間、視界が真っ白になったと思えば、脳裏に映像が浮かんでくる。

――とても美しい眺めだった。

遠くに見えるのは、光を反射する海、船が出入りする港に、白い灯台。それから空には大小の浮《うき》島《じま》と、白い雲……

これは、アンレジッドのお城から見た景色だ。

王子の居室から見た景色より、さらに上。とても高い位置からの景色だろう。

そこで、黒髪の少年が膝を抱えるようにして座っている。その傍《かたわ》らには、今とまったく変わらない姿の揚羽。

『坊を、皆が探していた』

「何を言ってるかわからないけれど、想像はつく。放っておいてくれ」

少年はあどけなさを残したエドウィン王子だった。おそらくまだ十五かそこらだろう。

『坊は何が不満？』

「だからわからないって言ってるだろう？　どうせあいつらは俺の粗《あら》を探したいだけなんだ。わざわざ会う必要ない。行けばお祖母《ばあ》様の悪口ばかり言って、俺の髪を煤《すす》のように汚いと陰でののしるんだ」

自《みずか》らの頭をくしゃくしゃと掻きむしる王子の手に、揚羽のそれが重なる。彼女は首を横に振った。

『何を言っているのかわからないけれど、あなた、この国の王子でしょう。そんな風にふてくされてはだめ。……ああ、あれを見て』

細い指をはるか遠い港へ向ける揚羽。

「何？　港がどうした」

『あなたは将来、この国の灯台になる。あの光――海にいる船に帰る場所を知らせる、揺るぎないもの』

「違うな……灯台を指しているのか？」

言葉は通じていないはずなのに、揚羽はエドウィン王子を見て微笑む。

『灯台の光は、道を照らす。荷を運ぶ船、それを奪う船、すべてに等しく。だけど灯台自身はその光の恩恵《おんけい》にはあずかることはできない』

「……もしかして俺にあれを目指せとでも言うのか？」

王子の問いかけに揚羽はまた口角を上げる。その笑みはとても美しく、優しかった。

だけど王子はぷいとそっぽを向き、吐き捨てるように言う。

「なんだよ、お前は。明日の立太子の儀は叔父上《おじうえ》が受ければいいんだ。みんなそう願ってる」

エドウィン王子は少年らしく、妬《ねた》み、悲しみ、そして悔しさを隠さず顔に出した。

彼がそんな気持ちを抱えていたなんてと、私は驚く。

少年の王子から伝わる感情は、私が幼い頃から抱えてきたものにとても似ている。

「違う、みんなじゃない。俺が……自信がないだけだ。明日の儀式が済んでしまえば、もう誰にも負けられないから。ずっとお前たちの姿と声を、知らないふりをして生きていかなくちゃならない。その上で、お祖母様《ばあ》や妹たちを守らないと……」

『坊は、何か怖いの？』

エドウィン王子はほんの少し揚羽を見上げてから、唇を引き結ぶ。

「俺はなれるだろうか、あの灯台のように……。違う、ならないといけないってわかってる。それが俺の役目だから」

彼はその細い両肩に、どれほどの重荷を背負っていたのだろうか。重圧に押しつぶされそうになっていたにもかかわらず、エドウィン王子は重荷を下ろそうとは思わなかったようだ。

灯台をじっと見つめる少年王子。さっきまで幼さを残していた彼の目は、今の威厳を持つものに少しだけ近づいていた。

『――道を照らす、いい目になった』

それから揚羽も灯台を見つめ、二人はそれ以上言葉を交わすことはなかった。

徐々に景色がぼやけて、少年と揚羽が遠くなる。

――ハッと我に返ったのは、窓を叩く音がしたから。

窓を叩いたのはアンドリューだった。明かりの灯《とも》った揚羽を見て、目を輝かせている。

私は突然の幻覚から醒《さ》め切らないまま、隣に立つエドウィン王子を見た。彼もまた呆然とランプを眺めている。

「ねえ……今の、何？」

「まさか……お前も、見たのか？」

驚いた表情の次に、狼狽《ろうばい》するエドウィン王子。ほんのり赤く染まった顔を、彼は手の甲で隠す。

驚いた。彼もそんな風に照れるのか。

『面倒だったから、記憶を覗《のぞ》かせてもらったのだ』

橘はそう言って私の周りをふらっと飛ぶ。

「そんなことまでできるの？」

『私ではなく、蒼衣の力だ』

「私？」

私は精霊の声を聞けるし姿を見られる。けれどそれだけで、自分で何かを起こしたことなど一度もない。

『私は事実、お前の背を押しただけだ。蒼衣が発光石と縁《えにし》を結べたからできたのさ』

「そんなこともあるんだ……。これで揚羽は復活できたのね？」

『もちろん。消えかけた意志が、思い出と共によみがえったのだろう』

「よかった。だけどちょっと覗《のぞ》き見《み》は申し訳なかったかな」

『なに、気にするほどのことではなかろう。ついでに蒼衣を巻きこんだことで、揚羽の言葉も十年越しに理解できたのだ。王子よ、私に感謝してもよいぞ』

押しただけという割に、恩着せがましいことを言う橘。でも……言葉が通じてなくても、会話は成り立っていた気がする。余計なお世話だったんじゃない？

そう思ってエドウィン王子を見ると、私の言葉の流れで犯人を特定したらしく、ご立腹の様子だ。

「タチバナ、お前の仕業《しわざ》だったのか！」

あ、と口元を押さえても遅かった。

「何があったのですか、お二人とも。急に黙りこんでしまわれて……」

シャイアさんによると、私たちが王子の過去を見ていたのは、わずか十秒ほどの間だったらしい。

「実はさっき、揚羽とエドウィン王子の過去を見ていて」

「過去？」

シャイアさんは本当なのかと言いたげに、エドウィン王子に向けて首をかしげた。すると王子は再び照れたように、顔を背《そむ》ける。

「大したことはない、五年前のことだ。……まったく、余計なことをしてくれる」

「ほら、言ったじゃない橘。感謝されてないみたいよ」

『おそらく照れておるのだろう。幼い頃の泣き言を我らに聞かれて』

からかうように言う橘を見て、エドウィン王子が私に尋ねてくる。

「アオイ、こいつ今、なんて言った？」

「橘のバカ、訳せないことを言わないでよ！」

「なるほど、言えないほどの侮辱《ぶじょく》か？」

頬を引きつらせるエドウィン王子と、どこから出したのか扇《おうぎ》を広げて口元を隠しつつ微笑む橘。

だから、通訳を困らせないでほしい。私が困っていると――

「二人とも、何見つめ合ってるの？」

アンドリューが店の中に入りながら妙なことを言った。私はがっくりと頭を垂れる。

「ところですごいじゃないか、一度外に来てみろよ」

「外？」

きょとんとする私とエドウィン王子の手を、アンドリューは興奮気味に引っ張る。

「この揚羽があれば、看板なんて必要ない。百聞《ひゃくぶん》は一見《いっけん》にしかずだ」

「看板……そうか！」

エドウィン王子は何か思いついた様子で、勢いよく外に出る。

薄闇《うすやみ》が広がる工房通りの、最も奥まった場所に立つ屋敷。高い屋根が落とす影は、他の店の軒先《のきさき》よりもいっそう濃い。

その暗闇《くらやみ》に、蝶が浮かび上がった。

黄色味を帯びた明かりの中に、黒い紋様がはっきりと現れ、今にも夜空に飛び立ちそうだ。幻想的で、私だけでなく、シャイアさんやアンドリュー、橘すらもただ眺める。

しばらく黙って見ていたエドウィン王子が、室内の本体のそばに佇《たたず》む揚羽に、窓越しに手を差し出した。

「来い、揚羽。お前も標《しるし》になれる。お前の光が、灯台のごとくここに人を呼びこむだろう。そしてこれからも流れてくる異世界の精霊たちは、お前の照らすこの店を目印に、次の目的地を目指すんだ」

エドウィン王子の言う通り、商店街の客や工房通りの住人たちが、珍しいランプの輝きに惹《ひ》きつけられて集まりだしていた。

揚羽はゆっくりと外に出てくる。そしてエドウィン王子の前で、いつかのように微笑んだ。

揚羽蝶が目印のお店だなんて、すごく素敵。

私は心が躍《おど》り、いいことを思いつく。

「そうだ、うちのお店には看板がないじゃない？　揚羽のランプをモデルに見立てて作ったらどうかな？」

工房通りの店には必ず掲《かか》げられる、商品を象《かたど》った看板。なぜか骨董品店にはなかったのだ。

「昼間は看板が、夜は揚羽に明かりが灯《とも》って目印になるなんて、すごく素敵だと思います」

「蝶の看板か。いいんじゃないか？」

シャイアさんとアンドリューの賛同を受けて、エドウィン王子が頷《うなず》く。

精霊たちの意向に耳を傾け、最も輝ける場所を提供する。それはまさに灯台。

この店をそんな場所にできたら、すごく嬉しい。

「どう、思う？」

私は橘を仰《あお》ぐ。

『ここが人々の話題になれば、さくらをより探しやすくなる。励めよ、蒼衣』

にやりと笑う橘。彼の印象も悪くはないということらしい。

満場一致になったところで、アンドリューがはりきって手を上げる。

「よし、具体的なデザインは俺に考えさせてくれ」

「ありがとう、アンドリュー」

「明日には展示ケースの半分を納品できる。いよいよ店が整ってきたじゃないか」

「はい、責任重大で緊張してきたけど、気合い入れなきゃ」

アンドリューや工房通りの職人たちの力を借りながら、気持ちを引き締める。

蝶がトレードマークの骨董品店の看板に恥じぬように。

第三章　嵐

骨董品店を開店してから、およそ二週間が過ぎた。先日アンドリューから展示用ガラスケースがすべて届き、ディスプレイも整ってきた。

商売繁盛とは言えないけれど、タニアさんが元気になったいきさつが広まったことや、看板代わりの揚羽が輝いているおかげで、お店を覗《のぞ》きに来てくれる人が増えつつある。

ちなみに、さくらについては相変わらず何もわかっていない。揚羽がはっきりと姿を現せるようになり、落ち着いてから聞いてみたのだが、彼女は何も知らなかった。さくらがこちらの世界に渡った頃には、揚羽は深い眠りについていて、面識すらないらしい。

新しい情報を得られなかったのは残念だけど、諦めずにこれからもさくらを追っていきたいと思っている。

そんな中、今日はエドウィン王子からの紹介で、数人のお客さんが来てくれた。また来たいと言ってもらえたものの、ぜひ欲しいという品はなかったみたい。

そのお客さんたちとの雑談で、興味深い話を聞かせてもらった。

アンレジッド王家から品物が流れるこの骨董品店は、他国の間でも有名なのだという。先代の店主がいたころは、上客がひっきりなしにやってきて取引していたらしい。

今も昔も、異世界と繋《つな》がり貴重な品が流れ着くのは、ここアンレジッドのみ。だからきっと、客足が戻ってくるよ――と、お客さんたちが慰《なぐさ》めてくれた。そうなれば必ずさくらのことを知る人とも出会えるだろう。

とはいえ、このままただ待っているというわけにはいかない。

夕方になり、店の戸締まりをしながら、私はシャイアさんと今後の方針について話し合った。

その結果、もっと店に入りやすくなるよう、気構えなくても買える値段の装飾品や、手軽な大きさのものを、前に出してみようということになった。明日からはその方針のディスプレイに少しずつ変えていこうと決め、店を出る。

帰りの馬車を待つ間、いつもは見送りなんてしない橘が、私たちのもとへふわりとやってきた。

「どうしたの、橘。今日はうわばみがエドウィン王子にもらった新しいお酒を開けるって言ってたよ。宴会に参加しなくていいの？」

私は小さな声で橘に声をかけた。

うわばみとは、酒好きな白い大蛇《だいじゃ》の精霊だ。橘はいつも宴会に楽しそうに参加しているが、今日はそういう気分じゃないのだろうか？

『今日は蒼衣についていこうと思う』

「ついていくって……私はお城に帰るのよ？」

『お前から離れないという意味だ、蒼衣』

「私が帰るのは女子寮《りょう》だよ、橘？」

じっとりと橘を見上げるが、精霊だからかさっぱり意味がわからないという表情だ。彼は空を見て、眉根を寄せる。

『空気がヒリヒリと肌を刺激してくる。もしかしたら嵐が来るのかもしれない』

「まさか！」

だって空は雲一つない。風だっていつもより弱く、湾の内側には白い波すら見えない。

『確証はないが、もし再び世界が繋《つな》がるようなら、蒼衣のそばにいた方がよい。まだ帰すことはできないが、様子見だ』

「……うん、わかった」

橘の言葉を聞いて真っ先に脳裏に浮かんだのは、帰るべき元の世界ではなく、精霊たちがいる骨董品店のこと。そんな自分自身に戸惑った。

品物はまだ二つしか売れてないし、どうやったら軌道に乗せられるか悩む日々。でもこの仕事ならではの喜びと、やりがいを掴《つか》みかけている。この店とは離れがたい。

だけどこの世界から帰れるかどうかは、私の人生を左右する。一時《いっとき》の感情に流されてはダメだ。

そう思ったとき、迎えの馬車が店の前に停まった。馬車に乗りこむシャイアさんを見て、チクリと胸が痛む。

それから馬車に乗っていると、気づけば橘が懸念していた通りの空模様へ変わっていった。さっきまで晴れていたのに、海の方角の空は真っ暗だ。

そのとき、暗黒の空に「バリバリバリィッ」と稲妻《いなずま》が走った。

「あんなに晴れていたのに、もう雷まで……」

お城への坂道を上《のぼ》っていると、たくさんの兵士が馬で駆け降りてきた。彼らの手には、いくつもの松明《たいまつ》の炎が揺らめいている。

その中で一頭の馬が私たちの馬車の前で立ち止まった。そして馬に乗っていたエドウィン王子が声をかけてくる。

「シャイア、アオイ」

シャイアさんは馬車の窓から身を乗り出して王子に尋ねた。

「エドウィン様、まさかこれから海へ？」

「ああ、近くアンレジッドに寄港する予定だった商船から、救難要請があった。海賊から逃《のが》れるため嵐に突入したらしいが、風が強すぎて危険だ。救出してくる」

アンレジッド周辺の海路はとても複雑で、大きな外国船が嵐の中で辿《たど》り着くことは難しいのだそう。それで商船は小型船を派遣して救助要請をしてきたらしい。

一方、私は海賊という言葉にぎょっとした。海賊って、あの海賊？

「アオイ、なんて顔をしている。不安ならシャイアと共に城の客間で待っていろ。タチバナも連れていけばいい」

私はそんなに不安そうな顔をしていたのだろうか。恥ずかしく思いながらも、エドウィン王子の言葉を橘に伝える。

「橘。エドウィン王子は海に行くらしいけど、私たちはお城の部屋で待っていていいって」

『いや……私は王子と共に海へ行こう』

「え、橘も海に行くの？」

『間近で確かめたい。世界がどのように繋《つな》がるのかを』

「でも海に行ったら私と離れちゃうよ」

『それでもだ』

私と橘が話していると、エドウィン王子が訝《いぶか》しげな顔で声をかけてくる。

「どうした？」

私は迷った末に、橘が王子と共に海へ行くと言っていると伝える。

すると王子は意外にもあっさり頷《うなず》いた。

「いいだろう、問題はない」

「本当に、いいの？」

「ああ、兵士の中に精霊が見える者はいない。影響はないだろう。その代わりアオイはシャイアと共に待て、いいな！」

私の返答を待たず、エドウィン王子は馬の腹を蹴り、先に行く兵のあとを追って走り出した。

『では私も行ってくる』

橘は楽しそうに口角を上げ、ふわりと空を飛んで王子のあとを追う。もしかしたら橘は、帰還のためというよりも、純粋な好奇心で行ったのかもしれない……

そんなことを思っていると、王城に到着する。それとほぼ同時に、大粒の雨が降ってきた。

慌てて馬車を降り、軒下《のきした》に入った次の瞬間、「バリバリバリィッ」と音を立てて雷が落ちる。

「わっ……近い。街に落ちてないよね、大丈夫かな」

「この街は嵐に慣れております。どのような事態にも衛兵が対処できますから、安心してください。さあ、ここもすぐに雨が吹きこみます。早くお部屋にまいりましょう、アオイ様」

シャイアさんに促《うなが》され、その日は寮《りょう》ではなく、お城の中で過ごすことになった。

お城の客間に行くと、風と雨の音を聞きながら、シャイアさんが淹《い》れてくれた紅茶を飲んで一息つく。祖母の国のものと同じ香りがするこのお茶に癒《い》やされる。

飲み干したカップに、向かいに座ったシャイアさんがおかわりを注《つ》いでくれた。私はさっき気になったことを尋ねてみる。

「ねえシャイアさん。さっきエドウィン王子が海賊って言っていたけど……海で船を襲ってお金や物を盗む、あの海賊？」

「そうです。アンレジッド近海ではあまり出ませんが、外洋では大型の商船が狙われるようです」

とても平和な国だと思っていたから、そんな危険があるなんて驚きだ。王子は大丈夫なのかな。

それに……

「もし異世界に繋《つな》がったら、そこにいる船はどうなっちゃうのかな……」

ぽつりと呟《つぶや》くと、シャイアさんが私に向き直る。

「アオイ様は、やはりできれば、元の世界に戻りたいとお思いですか？」

「うん……そうだね。この世界が嫌ってことじゃないよ？　お店のことだって気がかり。でも元の世界にはやっぱり家族がいるし……。シャイアさんたちにはすごくよくしてもらっているのに、申し訳ないんだけど」

「いいえ、当然のことですわ。申し訳ありません、わかりきったことをお聞きして。ですが、同じようにして訪れた方は、こちらで幸せな人生をまっとうされました。同じようにアオイ様が帰られるときまで幸せに過ごされるよう、私もエドウィン様も願っております」

シャイアさんの気持ちは、充分伝わっている。右も左もわからない私を、ずっとそばで助けてくれているのだから。

「でも、どうしてそこまでしてくれるの？」

「アオイ様がエドウィン様の無理を聞いてくださっていますし、それに……」

そこまで言って言葉を止めたシャイアさんを、私は促《うなが》す。

「私が、何？」

「……アオイ様は、とても素敵な方ですから、私がそうしたいのです」

その言葉は元々シャイアさんが言いたかったこととは違うような気がした。

「それにアオイ様のように、精霊の姿も声もわかる人は稀《まれ》。アオイ様のおかげでエドウィン様は肩の荷が下りたでしょう。きっとわかり合える相手ができて喜んでいらっしゃると思います。とても喜ばしいことです」

「そうかなあ？　王子は強いから私のことをそんな風に思ってないよ」

「そんなことありません」

きっぱりと言い切るシャイアさん。

根拠のない断言に苦笑して、私は話を変える。

「でも偶然なのかな……。前に世界を渡ってきた人も、『精霊の愛し子《いとご》』だったって、前に言っていたよね？　ずいぶん高確率じゃない？」

「そう言われれば……。アオイ様の世界の方々は、とても感覚が鋭《するど》いのでしょうね」

「まさかあ、そんなことないよ。――あ、でも私のお祖母《ばあ》ちゃんは自称魔女でね」

「え？」

シャイアさんは驚いた拍子に、手にしていたスコーンをテーブルに落とす。

日頃完璧なシャイアさんのそんな姿がとてもかわいらしく、ついつい笑ってしまった。

「なんてね。魔法を使えるわけじゃないんだよ？　私の世界に、魔法はないの。民間伝承のおまじないやハーブのお守り、それから妖精たちと仲よく暮らす方法とか……古い言い伝えを守って暮らしているってだけよ」

イギリスの片田舎《かたいなか》で言い伝えを守る祖母のジュリアは、魔法を使えなくても私にとっては本物の魔女だ。

「そういう方を魔女と呼ぶんですね」

「うん。もしかしたら、お祖母《ばあ》ちゃんも精霊が見えるのかも。お祖母《ばあ》ちゃんは不思議なものを信じていたからね。そういえばここに来る前、私はお祖母《ばあ》ちゃんの家に滞在していたの」

「心配されているでしょうね」

「うん、すごく心配していると思う。私のお祖母《ばあ》ちゃんは双子でね、お姉さんがいたの。でもそのお姉さんが若い頃に行方《ゆくえ》不明になってるんだ。お祖母《ばあ》ちゃんは私がいなくなったことで、お姉さんのことも思い出して、泣き暮らしているかもしれない。だから、私は絶対に帰らなくちゃいけない」

「そんな事情があったんですね」

シャイアさんは少ししんみりしたように言う。その空気を払うように、私は話題を戻す。

「ところで、救助要請があった商船って、どこの国の船なの？」

「明後日《あさって》この港に入港予定だった、隣国籍の船です。城で歓迎の宴《うたげ》を予定しています。無事に到着されたら予定が早まって、明日には宴《うたげ》になるでしょう」

「お城で？　その国の偉い方？」

王城で歓迎するなんて、ただの商人ではないだろう。

「いいえ。船は隣国籍なのですが、その方は隣国の重鎮とは違うのです」

その商人は、王族たちのどんな要望にも応《こた》えられる資金力とネットワークを持っていて、商品の運搬や警備のため、大人数の武装集団も抱えているという。領土を持っていないだけで、それなりの一大勢力として扱われているらしい。

そしてアンレジッド王国の物流を支える人物のため、手厚く歓迎するそうだ。

「その方はローランド・トラヴァース様とおっしゃいます。ずいぶん遠くの国から仕入れた品を隣国のボルテロアまで運ぶ途中なのだそうです。ボルテロアはアンレジッド王国にとって、少し警戒を必要とする国ではあるのですが、トラヴァース様の寄港を断る理由にはなりません」

ボルテロア王国とアンレジッド王国の関係は、あまり良好ではないらしい。例えるなら、ドーバー海峡《かいきょう》を隔《へだ》てた、中世のイギリスとフランスのような関係だろうか。

「へぇ……。アンレジッドには、商談も兼ねて寄るのかな？」

「いえ、今回は燃料と食料の補給のために寄るそうです。ここまでかなりの長旅で、補給しないと隣国までもたないのですって。それにこのあたりの海域は潮と風の流れが複雑で、短くとも難しい航海になります。もしも嵐に巻きこまれたら、燃料に心もとない状況では乗り切れないかもしれません。きっと船員の休息も兼ねての寄港でしょう」

嵐にはできるだけ遭遇したくないだろう。大切な荷を積んでいるのならなおさらだ。

この世界では主に帆船《はんせん》を使っている。汽船と呼ばれる動力船はあるのだけれど、まだまだ希少で小型のものばかり。主に入港時や、今回のように救難要請のために使うくらいだとか。

「――そういう訳で、申し訳ありません、アオイ様。明日は城で人手が足りなくなりそうなのです。骨董品店のお仕事はお休みをいただけますか？」

シャイアさんは元々、王城の侍女だ。国賓級《こくひんきゅう》の来客をおもてなしするのに、彼女が抜けたままでは困る、ということだろう。

「うん。こっちは大丈夫だから安心して。一人で相手をしきれないほどのお客さんは、来ないだろうし」

「そうでございますね……」

私たちはその現実に、苦笑いを浮かべる。

「ですが、お一人で何かあっては困ります。アオイ様もお休みを取ってはいかがでしょう？」

「大丈夫だよ、精霊たちもいてくれるし。それに、雨が上がったら港に船を見に行きたいな」

「アンレジッドにはないほど大きな帆船《はんせん》だそうです。きっと港は見物人で賑《にぎ》わうでしょうね」

それを聞き、ますます興味を惹《ひ》かれる。

相変わらず風は唸《うな》っていたものの、雷の音は次第に遠のいていき、その晩はすぐに眠りにつくことができた。


翌朝、目を覚ますと嵐は去っていた。支度を済ませてしばらく待ったが、橘は帰ってこなかった。もしかしたら店に帰ったのかもしれないと、私は一人で骨董品店に向かう。

街はどこも賑《にぎ》やかで、いつもより人通りが多い。人々の関心はもちろん、嵐の中到着した巨大な帆船《はんせん》。昨日シャイアさんが言っていた通り、大勢の人たちがその巨船を一目見ようと、港に押しかけているらしい。

一方で、骨董品店がある工房通りには人の気配がない。どうしたのだろう、まさかこの通りのみんなが出払っているなんてことはないよね？

そんなことを考えつつ、店の前まで来た。

店に変わった様子はなく、橘も姿を現さない。まだ帰っていないのかなと心配しながら鍵を開けていると――

「アオイ!」

馬で駆けてきたエドウィン王子が、店の前で降り立った。

「エドウィン王子? おはようございます。どうしたんですか?」

「急ぎの用だ。一緒に来い」

「……一緒にって、どこへ?」

「昨夜の嵐の痕跡を調べるために、浜へ行く」

浜と聞いて、自分がこの世界にやって来たときのことを思い出す。

「昨日の嵐で異世界と繋《つな》がって、浜に何かが漂着したの?」

「それを確かめに行くんだ。もし異世界からの漂着物があれば、すぐに店に持ち帰らせる。判定も兼ねてアオイも来い」

「浜に行きたいのはやまやまですが、そうしたら店に誰もいなくなっちゃう。……そうだ、エドウィン王子、橘は一緒ではないの?」

「タチバナは昨日海ではぐれてそれっきりだ。自分の意思で何かをしに行く様子だった。心配なら店で待つより、アオイが浜に行くほうが早く見つかるだろう。店は一日くらい休んだってどうってことない。急げ」

ひどい言いようだ。だけどたしかに王子の言う通りである。

「わかりましたよ、行けばいいんですね」

私はしぶしぶ、開けたばかりの鍵を締めようとする。

そのとき、ずっと店の前にいる私を不思議に思ったのか、精霊姿の揚羽が窓をすり抜けて出てきた。私はこれ幸いと揚羽に声をかける。

「おはよう、揚羽。橘はまだ帰ってきていないのよね？」

『まだ。みんな心配してる』

揚羽はふるふると首を横に振る。相変わらず言葉少なだけど、ずいぶん姿をはっきり現せるようになった。

「これから王子と浜に行ってくるわ。橘も探してくるから」

揚羽は黙って頷《うなず》く。その表情はなんとなく心配そうだ。

「大丈夫、すぐに帰ってくるわ。留守番をよろしくね」

窓際に置かれた揚羽の本体には、好奇心旺盛《おうせい》な精霊たちが集まり、こちらを見ている。

私は彼らに手を振ってから鍵を締め、エドウィン王子と馬に乗った。

向かったのは、岬《みさき》の先端にある小さな浜。そこは、私と橘が流れ着いた場所なのだという。

途中、港のそばを通ったとき、建物の間から巨大な木造帆船《はんせん》が見えた。エドウィン王子は船を指し示しながら、声をかけてくる。

「あれが例の船だ。昨日の嵐で船が破損し、一部補修が必要となった。積荷もいくらか壊れてしまったらしい。その補修のために、工房通りの職人たちが港に駆り出されている。今日は商店街が静かだっただろう？」

「あぁ、それであんなに人がいなかったんですね」

私は納得しながら、船をよく見ようと首を伸ばす。

帆がたたんであるのは見えたけれど、破損の具合はよくわからなかった。それよりも人だかりがすごくて、いかに珍しい入港なのかうかがい知れる。

それらを横目に、港のある湾を通りすぎた。

「そういえば王子、橘とはどこで別れたんですか？」

「タチバナは昨夜、船に乗っている最中に浜へ向かった」

それは、昨夜まだ嵐で荒れている中、エドウィン王子が乗った船が目的の帆船《はんせん》を先導しはじめたときのことだったという。

「海の中で何かを見つけたようだった。海底に向かってできた大きな渦《うず》の先を、しきりに気にしていた」

その言葉でハッと、自分がこの世界に来たときのことを思い出す。

「橘はもしかして異世界との繋《つな》がりを感じていたのかも。私たちがこの世界に来たときも、海に落ちて、まるで引っ張られるように海底に引きずりこまれたから」

世界が繋《つな》がるのは、海底なのかもしれない。だとしたら、元の世界に帰るにはまた海に落ちなくちゃいけないのだろうか。

もしも失敗したら、確実に死ぬ。それはとてつもなく無謀《むぼう》な挑戦なのでは？

不安に駆られて、つい宿《やど》り木のブレスレットに触れる。それに気がついたエドウィン王子が、視線を向けてきた。

「――そのブレスレット、いつもつけているな。大事なものなのか」

心配事があるとお守りを触るのは、私の癖《くせ》だ。私は手首を目線まで上げて、彼にも見やすくする。

「お祖母《ばあ》ちゃんが作ってくれたお守りなの」

今となってはこれだけが家族と繋《つな》がるものだから、絶対に手放したくない。

「これを作ってくれたお祖母《ばあ》ちゃんは、古い伝承を受け継《つ》ぐ自称魔女なの。ハーブや木の実なんかを使っておまじないをしてくれたわ」

「魔女、か」

「最近はそういうことを信じる人は減っているんだけど、お祖母《ばあ》ちゃんはそれでもいいみたい。昔いなくなった双子のお姉さんは、お祖母《ばあ》ちゃんより不思議な力を持っていたのよって、よく話していてね。双子のお姉さんが、お祖母《ばあ》ちゃんの自慢なの」

「……いなくなった？」

「うん、若い頃に行方《ゆくえ》不明になったんだって。お祖母《ばあ》ちゃんの育った国は、昔はすごく迷信深いところでね。一人だけ親族と髪や瞳の色が違ったお姉さんは、妖精の取り替えっ子だって噂されたこともあって」

「取り替えっ子？」

「お祖母《ばあ》ちゃんの国には、妖精がいるって言われていてね。妖精は人間の子供といたずらが好きだから、自分たちの子と人間の子を取り替えたり、人間の子を連れ去ったりするという伝承があるの」

「妖精というのは、精霊のようなものか？　そのような悪さをする話は、聞いたことがない」

「向こうの世界の、ただの言い伝えよ。真実じゃないわ。もちろん、私は妖精を一度も見たことない」

エドウィン王子の食いつきに苦笑して、私は首を横に振る。

「お祖母《ばあ》ちゃんのお姉さんが取り替えっ子だと言われたのはね、茶色い髪と目を持つ両親から、黒髪黒目を持って生まれたからなの。お祖母《ばあ》ちゃんの国の人々の中では、とても珍しい色なの。だから子供の頃は頻繁に、不吉だ烏色《からすいろ》だといじめられたみたい。……行方《ゆくえ》不明になったときなんて、お姉さんは妖精の子で、妖精の世界に帰ったんだから諦めようって言いくるめられたそうよ。当時、お祖母《ばあ》ちゃんはすごく悔しかったって」

「そうか……」

そこで、エドウィン王子もまた黒い髪と瞳の持ち主であることを思い出し、ハッとする。

「ご、ごめんなさい」

「何を謝る？」

「だって、あの……この前、王子も髪と瞳の色を気にしている風だったから。でもお祖母《ばあ》ちゃんが言うには、お姉さんは変わり者だったけれど、魅力的《みりょくてき》な人だったって」

そんなことかと言ってエドウィン王子は続ける。

「俺はもう気にしていない。……だが、お前は劣等感を引きずっているんだな」

「わ、悪かったわね。変えられないことを、いつまでもウジウジと気にして」

共通の悩みを持っていた彼には、見透《みす》かされている。だからもう誤魔化《ごまか》すことは無駄なのだ。

揺れる馬上でバランスを取りながら、エドウィン王子を仰《あお》ぎ見た。

「私の生まれた国は、お祖母《ばあ》ちゃんとは違う国なの。私の周囲の人々は黒い髪と黒い瞳を持っていて、私は兄妹《きょうだい》の中でも一人だけ明るい色の髪と瞳……すごく浮いていた。でもそのせいで嫌な思いをしても、家族にも話せなくてつらかったから、黒い髪と瞳に密かに憧れてきたの。だからエドウィン王子が羨《うらや》ましかった」

それがエドウィン王子を最初に見たときの気持ち。けれど、今はそれも少し変わった。

「でももし今、私が黒髪と黒い瞳を手に入れても、なんか違うって思うのかも。それはわかっているんだけど……モヤモヤはまだ消えないの」

私が苦笑すると、エドウィン王子は慰《なぐさ》めるように言う。

「ただ羨《うらや》むだけなら罪ではない、誰にでもあることだろう」

「ううん、私がそんなこと思っているって知ったら、お祖母《ばあ》ちゃんが悲しむ。だから誰にも言えなかった。……お祖母《ばあ》ちゃんが、お姉さんのことを思い出して、きっとつらいだろうから」

家族に言わなかったのは、祖母の耳にも入ることを恐れていたからだ。

「だが、ここでなら言える、か」

彼の言葉に、ふと目から鱗《うろこ》が落ちた気分だ。

「そうだね……言えちゃった」

初めてかも。ずっと胸にしまっていた悩みを、誰かに言ったのは。

ここは私の住む世界じゃない。両親もお祖母《ばあ》ちゃんもいない。私が弱音を吐いても誰も傷つかない。

「つらいものはつらいと言わないから、こじらせるんだ。俺は同じようなことを遠慮なく言ったぞ。素直に言いすぎて、父に殴られたけどな」

「殴られた？」

驚いて聞き返すと、エドウィン王子は苦笑いを浮かべた。

「『俺の気持ちなんて父にはわかるまい。お祖母《ばあ》様に似なければよかった』と言い放ったからな。思い切り殴られて、三日ほど頬を腫《は》らした」

――私は一瞬絶句し、それからなんとか言葉を口にした。

「最低ね」

「そうだろう、まだ八歳かそこらだ」

「違う、殴ったお父様じゃなくて、王子《あなた》がよ！」

私の言葉に、エドウィン王子はムスッとした表情を浮かべる。それがなんだかおかしくて、私はつい笑い声を上げた。

でも王子の悩みは私と違い、容姿のことだけじゃない。

揚羽に決意を吐露《とろ》した幼いエドウィン王子を思い出す。

彼は、精霊の姿や声を知ることができることも、隠して生きていかなきゃならない。これからもずっと。精霊たちを存在しないものとして扱わねばならない。

それはどれほどの苦しみなのだろうか。

思いを馳《は》せていると、エドウィン王子が口を開いた。

「着いたぞ、馬を降りよう」

促《うなが》されて降り立ったのは、断崖《だんがい》絶壁の岬《みさき》のすぐそばにある、小さな砂浜。

馬を岩に繋《つな》いでから白い砂浜に入ると、波打ち際に浮かぶ影が見える。浅葱色《あさぎいろ》の装束《しょうぞく》をまとっているから、すぐに橘だとわかった。

「橘！」

『蒼衣か』

そばに駆け寄ると、彼は浜に視線を送る。その先を見たら、砂まみれの箱が落ちていた。

箱は蓋《ふた》が外れかけていて、中に入った青い破片が見える。

「危ないぞ」

エドウィン王子に言われてハンカチを取り出し、気をつけて破片を拾う。

朝日を浴びて光るそれは、艶《つや》のある青色の釉薬《ゆうやく》がとても美しい、陶器だった。釉薬《ゆうやく》とは陶磁器に光沢を与えるために塗られるものだ。

「これも、世界を越えた骨董品なのね？」

『違うな』

橘の答えに、私は驚く。

「どうして違うって断言できるの？　昨夜は向こうの世界と繋《つな》がったんじゃなかったの？」

「異世界と繋《つな》がったとしても、必ずしも何かが流れ着くわけではない」

そう言ったのはエドウィン王子だ。彼の言葉の意味はわからないはずなのに、橘は頷《うなず》く。

『これには精霊の気がほとんど感じられない』

「寝ているだけでなくて？　揚羽のように」

『あの時の揚羽よりも弱い。とても嵐に乗じて世界を越えるほどの精気を、この品が宿《やど》していたとは思えない』

立派な器《うつわ》のように思えるのに……橘がそう言うなら、間違いないのだろう。

エドウィン王子が木箱の蓋《ふた》を外し、その割れた陶器の大部分を取り出す。

「やはり、こちらの世界のものだな。南方の島国にこのような彩色豊かな陶磁器《とうじき》を得意とする国がある。その国のものと似ている」

「じゃあ、嵐のせいで流れ着いただけ？」

「昨夜到着した帆船《はんせん》が、荷を軽くするために破損したものを投棄したのだろう。あの嵐では仕方のないことだ。せっかく来たのに残念だったなアオイ」

たしかに残念だけれど、私はあまりがっかりしていない。

「エドウィン王子、これ、持ち帰って修復してもいいですか？」

破損しているとはいえ、とても美しい色合いの皿だ。そのまま捨ててしまうのは可哀想に思えた。

私はハンカチを海水に浸し、破損の少ない器《うつわ》の砂を払う。

それは釉薬《ゆうやく》を窯《かま》の中で変化させて模様を出した、とても手のかかった品だ。

「修復？　一応船の主《あるじ》に確認しておく。廃棄されることになったら、あとは好きにしろ」

王子には呆れられたものの、いい返事をもらえたと満足する。どうせなら、こちらの世界の工芸品にも、もっと関わりたいと思っていたところだから、ちょうどいい。

まだ見たこともない素晴らしい工芸作品があるかもしれない。私は未知の品たちとの出会いにワクワクしながら、この器《うつわ》たちが自分のもとへ来ますようにと祈る。

「それはあとで回収に来させる。他に異世界からのものが流れ着いていないか確かめたら、すぐに戻るぞ」

私たちは手分けして砂浜を一通り調べ、他にそれらしいものがないことを確かめたあと、街に戻った。

エドウィン王子は私と橘を店まで送ると、すぐに港へ向かっていく。

その後私は開店準備をはじめたが、店を開けられたのは結局、お昼すぎになってしまった。

とはいえ、店を開けてもお客さんが来ないので、骨董品を磨いたり、精霊の貴婦人たちと他愛もないことを話したりする。

そうこうしてふと気づくと、橘が物憂《ものう》げに窓の外を眺めていた。日頃の彼に比べたら、珍しく静かだ。

「どうしたの、橘？」

『……蒼衣』

橘は窓辺からふわりと舞い上がり、私のそばに着地する。

『実は、嵐の中でさくらの気配を感じた』

「本当に⁉」

どうしてそんな大切なことを早く言わないのかと、私は橘ににじり寄る。

しかし橘の表情は明るくない。

『もしやと品物が流れ着くという浜へ確認しに向かったが、そこにあったのはさくらではなかった。しかしまだ気配は残っている。かすかに、今も近くに感じるのだ』

「それって……近くにいるのに場所がわからないってこと？」

橘は、吐息と共に頷《うなず》く。

『そうだ。場所は恐らく港ではないかと思う。昨日まで気配はなかったのだから、考えられるのは、あの巨大な帆船《はんせん》に乗っている可能性だ』

さくらが、昨夜到着した船の中にいるってこと？

『私は探しに行こうと思う。さくらの力をほんの少し感じるだけで、わが身のうちに力が湧き出るのがわかる』

橘は真剣な面持《おもも》ちで自《みずか》らの両手を見つめる。

「それなら私も手伝うよ。というか、一緒に探そうって決めたよね？」

『私は自由に出入りできるが、お前は違う。どうやってついてくるというのだ』

「それはそうだけど……」

どうにかしてあの船に乗りたい。こういうとき、エドウィン王子しか頼れる人はいない。

「船に入れてもらえるように、王子に頼んでもらうよ。アンレジッド王国とは友好関係にある商船なんだから、きっと可能じゃないかな」

『期待できない』

私の楽観的な意見を、橘はぴしゃりと否定した。

「どうして？」

『本当にさくらがいるのなら、この程度の気配ですむはずがない。ここまで気配が抑えられているということは、なんらかの事情で封印されているか、もしくはさくらの欠片《かけら》しかないのか……。どちらにしても、通常の状態ではない。唐突にさくらを出せと言ったら、警戒されるかもしれない』

「……さくらは無事なの？」

『わからない……』

橘の表情は、苦渋《くじゅう》に満ちている。

橘にとってさくらは、会うために世界を渡るほどの――命を引き替えにするほどの存在だ。その心情はうかがい知れない。

私もやりきれない気持ちを抱えながら口を開く。

「でも船はいつまでもここにいるわけじゃないわ、すぐに手がかりを掴《つか》まないと」

『ああ、だからしばらく留守にする』

「もしかして、こっそり船に忍《しの》びこむつもり？　いくら精霊でも危ないんじゃない？」

『大丈夫だ。それよりも蒼衣に調べてもらいたいことがある』

「いいけど、何について？」

『過去の漂着物の記録を調べてもらいたいのだ。元の世界でさくらの気配を見失った三年前あたりだけでかまわぬ。すでにここから持ち出されたものの中に、さくらがいたか……もしこの国に漂着していなかったら、例外的に他の国に流れてしまった可能性がある。この国にいてもさくらには辿《たど》り着けないかもしれぬ』

そうか。ここにある骨董品のリストがあるのだから、過去のものもあるはずだ。

今さらだけど、どうして早く気がつかなかったのだろう。

「わかった。調べてみる。だけど橘、気をつけてね？」

『ああ。では行ってくる』

そう言うと、橘はすぐに窓を通り抜けて、港に向かって行ってしまった。

さて、私も頼まれたことをどうにかしなくては。

橘に片割れのさくらという存在がいることも、橘とさくらが揃うと特別な力を発揮するかもしれないことも、誰にも言っていない。どういう理由をつけて、過去の骨董品たちの記録を見せてもらおうか。

いろいろと頭を悩ませた挙《あ》げ句《く》、正直に言うのが最善だろうと決意したとき――

「おーい、アオイいるか？」

工房通りの親方ゼファードさんが、店の扉を開けた。その後ろには、エドウィン王子がいる。

ゼファードさんはさっきまで帆船《はんせん》の補修に駆り出されていて、港で王子と合流したらしい。そして例の浜にあった皿を集めて、届けてきてくれたという。

「それに、ついでにアオイの様子も見てやれって、エドが」

「そこまでは言ってない。入るぞ」

そう言ってさっさと店に入るエドウィン王子。彼に続いて、箱を抱えたゼファードさんが店に入ってくる。

私はそっとゼファードさんに尋ねた。

「ねえ、ゼファードさん。エドってエドウィン王子のことですよね」

「ああ。なにせ、あの王子様がこれっくらいのガキんちょの頃から、俺たちが面倒を見てたからな。エドウィン王子って呼ぶより、エドって呼ぶほうがしっくりくるさ。まあ、態度も体も、今じゃ立派にでかくなったが」

ゼファードさんは手のひらを膝くらいの高さまで下げて、子供時代の王子を懐《なつ》かしむように笑う。

「態度がでかくて悪かったな」

ばっちり話を聞いていた王子がチクリと一言放《はな》つ。ゼファードさんの大きな声は、内緒話に向かなかったようだ。

しかしゼファードさんは、王子の反応などまったく気にせず、箱から割れた器《うつわ》を出してテーブルに並べる。

その器《うつわ》は浅く、私の手のひらよりも一回り大きい。全体は澄《す》んだ青で、ところどころ釉薬《ゆうやく》が金色に変色していてまるで星が散っているみたい。とても美しくて、上品なものだ。

だけど残念なことに、割れてしまっている。細かい欠片《かけら》は欠損しているものもあるだろう。

「どうするんだ、これ？」

ゼファードさんは割れた器《うつわ》を残念そうに眺めながら、尋ねてきた。

「修復しようと思ってるんです。すごく綺麗な色のお皿だから、もったいないもの。ところでエドウィン王子、いただいてもいいって確認が取れたの？」

「ああ、予想した通り、破損したから捨てたらしい。元は高価なものだが、割れてしまえばゴミ同然。好きにしていいそうだ」

「そっか。いただけるのは嬉しいけど……」

ゴミ同然と言われては、悲しくなってしまう。

しんみりする私に、ゼファードさんが声をかけてくる。

「アオイ。皿を修復するって、どうするつもりだ？」

「陶器の修復って、こちらの世界ではやらないんですか？」

「基本的にはやらない。貧しい家では、割れた器《うつわ》を建材に使われる漆喰《しっくい》の接着剤で修復することがあるが、そのくらいだ」

こちらの世界ではあまり修復の技術は発達していないらしい。

「そうなんですね。私が知っている方法では、窯《かま》で焼いて修復するなんてものもあるのですが、今回は簡単に金継《きんつ》ぎをしてみたらどうかと」

金継《きんつ》ぎとは、欠損やヒビが入った陶器を修復する技法の一つだ。比較的手軽で、仕上がりによっては味わい深いものになるので、私は気に入っている。

「金継《きんつ》ぎ？　なんだそりゃ」

「正確には漆継《うるしつ》ぎっていいましてね……」

陶工として長年働いてきたゼファードさんが知らないのなら、この世界には存在しないのかな。それとも名前が違うだけで、方法としては存在しているか。

たしか倉庫の中に、金継《きんつ》ぎの施《ほどこ》された器《うつわ》があったような気がする。百聞《ひゃくぶん》は一見《いっけん》にしかずだ。

「ちょっと来てください」

私はゼファードさんと王子を、奥の倉庫に連れていく。

どこにしまってあったかな……と探してみたものの、数が多すぎて見つからない。私は思いついて声をかけてみる。

「ねえ、金継《きんつ》ぎをしている子がいたら、出てきて！　他の器《うつわ》を修復しなきゃならないの！」

すると黒い袈裟《けさ》を着て頭を丸めた小さな老人が、私の前にすっと現れた。いわゆる茶坊主――かつて来客の給仕をしていた人の姿をした、精霊のようだ。

言ってみるものだなと思っていると、茶坊主の精霊が口を開いた。

『この年寄りに何か用かな？』

「おじいさん。金継《きんつ》ぎがどういうものか説明するために、わかりやすく見せたいの。本体はどこ？」

『……あそこじゃが』

戸惑ったように茶坊主が指さす方向を探すと、茶碗の入った小さな木箱が出てきた。

乳白色の茶碗は使いこまれたものらしく、細かいひびに茶の渋味《しぶみ》が染み、深みが増している。その穏やかな様相の茶器の一箇所に、稲妻《いなずま》のように金継《きんつ》ぎが施《ほどこ》されていた。

「へえ、これが金継《きんつ》ぎか……」

ゼファードさんは私から茶器を受け取ると、あらゆる方角から眺める。

「趣《おもむき》があって美しいでしょう？」

「……ああ、そうだな」

そう答えながら、ゼファードさんは茶器に視線を注《そそ》ぎ続けていた。

『ほほほ、照れるようなことを言いおって。しかし名器じゃろう？』

茶坊主の精霊は朗《ほが》らかに笑い、茶器が収められていた木箱の上に正座する。

「アオイ、これはどういう技法だと言ったか？　詳しく聞かせてくれ」

一通り茶器を確かめた後、ゼファードさんは子供のように目を輝かせて聞いてくる。

「金継《きんつ》ぎです。重要な材料は、漆《うるし》と金粉です」

「漆《うるし》ってあの、触れたらかぶれたりする木だな。あれが？」

「ええ。そういえば、デリックさんの工房の裏にある森に入ったとき、見かけました。あの木の樹液が黒くなるのは、ご存じですよね。あれは乾燥すると固まるでしょう？　漆《うるし》の樹液は、硬さと防水性に優れた万能工芸材なんです」

どうやらこの世界では、漆《うるし》はあまり利用されていないみたいだ。もしかして金継《きんつ》ぎをするためには、漆《うるし》の樹液を採取するところからはじめなきゃならないってこと？

それは少し——いや、かなり大変かもしれない。

「あと継ぎ目《つめ》は、私の世界ではこの器《うつわ》のように、金粉を被せて美しく見せるんです。ですがこれは別の鉱物粉でも代用できます。やるとするなら、事前に鉱物粉の色のサンプルを作った方がいいかもしれませんね」

「そうか。なら材料はこちらで用意してやるよ。その漆《うるし》の樹液の扱い方も教えてくれ」

思いも寄らない申し出に、私はびっくりする。

「手伝ってくれるんですか？」

「こんな面白そうなこと、やらねえわけねえだろ」

まるでおもちゃを見つけた子供のように、嬉しそうにするゼファードさん。

樹液の扱い方についての説明を終えると、ゼファードさんはさっそく、森へ樹液の採取に行くと言って店を出ていった。

「思い立ったら早いのね」

一番張り切るゼファードさんを見送ると、エドウィン王子も「俺も城に戻る」と言い出した。

私は慌てて彼を引きとめる。

「エドウィン王子。あの、お願いがあるんです。それと話したいことも……」

私がそう言うと、彼は何かを察したようで、店のテーブルに腰かけた。そして店内をぐるりと見渡す。

日が傾きかけた店内は、すっかり静かだ。子鬼たちは自分の寝床に帰り、トンボ玉たちは揚羽の下でごろ寝している。マイペースなうわばみは、酒好きを集めて奥の部屋で宴会の準備をしていた。

「……タチバナがいないな。常にアオイのそばにいたくせに。やつはどうした？」

エドウィン王子の問いかけに、私はドキリとする。

彼が相当マイペースだということは、王子だってよく知っているはず。それなのに尋ねてくるのは、彼のカンが何かを察したのだろう。

私は観念して、口を開いた。

「橘は、さくらを探しに行ったの」

「……さくら？」

「さくらは橘の片割れ。彼らは対《つい》で作られた壺《つぼ》で、橘は行方《ゆくえ》不明になったさくらを探して、この世界まで来たんだって」

エドウィン王子は驚いて目を丸くする。

「タチバナはそんな経緯でこちらに来たのか……。それで、アオイの頼みとは？」

「漂着物のこれまでの記録を見せてほしいの。流れ着いたものの中に、さくらがなかったか。人手に渡ったとしても、記録が残っているんじゃない？」

「たしかに漂着物の記録は、すべて残されている」

「それを私に見せて、三年前あたりのものだけでいいから」

「三年前？」

「橘がさくらの気配を見失ったのが、そのくらいだって話です。だからその頃にこちらの世界に渡ったんじゃないかって言っていたの」

「そういうことか……。わかった、記録の閲覧《えつらん》を許可しよう。だが記録は城に保管されていて、持ち出すわけにはいかない。その場で見せるのみとなるが、いいか」

「もちろん！　ありがとう」

案外あっさりと許可を得られて、私はホッとする。しかし、王子はそれで納得したわけではなかった。

「それで、タチバナはそのさくらをどこまで探しに行った？」

「え？」

「まさか、トラヴァースの商船に、探しに行ったんじゃないだろうな」

エドウィン王子は険《けわ》しい顔で問いかけてくる。

鋭《するど》い指摘に、私は汗が噴き出そうだった。

彼の表情から、この状況があまり好ましくないことは察せられた。うそをつけず、私は重い口を開く。

「……鋭《するど》いね、その通りよ」

「どうしてあの船に、さくらがいると思ったのだ？」

「さくらの気配がするみたい。だけどそれが薄くて……」

「昨夜はタチバナの様子がおかしかったが……。そういうことだったのか」

エドウィン王子はしばし考えこんでから、私をまっすぐ見る。

「トラヴァースは、普通の商人じゃない。あまり勝手をするな」

「普通じゃないって、どういうこと？」

「最近は、いい噂は聞かない連中だ」

なんでもトラヴァースはここのところ、隣国ボルテロアとかなり結びつきが強いらしい。今回の航海も、ボルテロアからの依頼で荷を運んでいる。その品を得るために私兵を雇い入れ、小国を脅すような形で優位な商売をすることもあるのだとか。

「強国の後ろ盾《うしろだて》を隠さず、搾取《さくしゅ》するような形で商売をする。そうして国民が弱ったところにボルテロアが派兵し、支配する。すでにいくつかの国々に広大な領地を得ているそうだ」

「それって……」

ボルテロアが植民地を作っているということ？

私が唖然《あぜん》としていると、王子は話を続ける。

「他国もボルテロアに対抗するために、同じようなことをするかもしれない。やられっぱなしでは国を守れないからな。そんな状況ではあるが、情報を得るためにも、今のところトラヴァースと関係を絶《た》つ選択肢はない」

「じゃあもし、橘が忍《しの》びこんだのが誰かに見つかったら？」

「精霊が見える者がそういるとは思えないが……トラヴァースの逆鱗《げきりん》に触れ、関係を絶《た》たれては、今後さくらの手がかりを得ることができなくなるだろう」

「そんな……目の前にさくらがいるかもしれないのに」

私は顔から血の気が引くのを感じた。エドウィン王子は続ける。

「トラヴァースとて、精霊信仰に唾《つば》することはしないだろう。だが相手は商人、まずは最低限の信頼があってこそだ」

エドウィン王子は、机に並べられた割れた器《うつわ》に視線を注《そそ》ぐ。

「これはボルテロアからの、注文の品の一つだったようだ」

――その言葉で、私は彼の言いたいことに気づく。

「金継《きんつ》ぎで修復をしてみせたらどうだろう。気に入ってくれたら、トラヴァースさんにとっても利益になるんじゃ……」

そして信頼を得られれば、さくらのことを話してもらえるかも。

「エドウィン王子、私をトラヴァースさんの船に連れていって。この茶坊主の茶器を見せて、同じような手法で修復をすれば、壊れる前と変わらず芸術品としての価値を得られる。そのことを私から伝えさせて！」

名前が出たせいか、箱の上で寝転がっていた茶坊主のおじいさんが起き上がり、キョロキョロしている。

そのおじいさんの向こうで、エドウィン王子が微妙な表情を浮かべた。

「それは駄目だ」

「え!?　なんで！」

「突っ走るな、アオイ。明日、トラヴァースとの接見の場は城で設《もう》けてやる。船に行くのはその後だ」

私は嬉しくて飛び上がりそうになる。

「ありがとう！　てっきり、トラヴァースさんに会うのもダメだと言われたのかと」

「アオイはここの店主だ。異国の知識を持ち骨董品を扱う、いわば職人だろうが。お前が説明しなくて誰がする」

呆れたような口ぶりだったけれど、彼はまっすぐその黒い瞳で私を見つめていた。

これでも王子は私を認めてくれていたらしい。驚くやらくすぐったいやらで、頬が緩んでしまう。

やる気がみなぎってくる。

「うん、頑張る」

茶坊主とエドウィン王子が、笑みを浮かべた。

なんだか乗せられたような気もするけれど、すべてはさくらを見つけるため。頑張らなくちゃ。

翌日、私はさっそくゼファードさんと共に、デリックさんの工房に向かった。彼は昨日話したあとさっそく工房の裏の森に入り、いい木を見つけてくれたというのだ。

実際に金継《きんつ》ぎをやるとするなら、急がねばならない。漆《うるし》の樹液採取はとても難しいらしいのだ。

知識としてはあるけれど、私も採取まではやったことがない。

樹液採取には一週間くらいはかかるはずで、乾燥にも時間を要するだろう。

少し焦りながら郊外の工房に着くと、デリックさんがとびきりの笑顔で出迎えてくれた。

「こんにちはデリックさん、ちょうどいい木が見つかったと聞いて、来ました」

「ああ待ってたよ、アオイ。実は朗報があるんだ」

その様子に、ゼファードさんが首をかしげる。

「どうした、デリック？　興奮して」

「親父《おやじ》、うちの隣の敷地にファーナビーの農場ができたろう？」

ファーナビーさんといえば、この街では名の知れた炭鉱主。以前彼の孫が骨董品店でトンボ玉を購入してくれたことがあり、私は顔見知りだ。

「あぁ、それがどうした？」

「昨日の夜、森の入り口で偶然会った男が、隣の雇われ農夫でね。接着効果があるからって、自分で漆《うるし》を採取して、日用品などの修理に使っているらしいんだ」

「じゃあ、その男は漆《うるし》の扱いに長《た》けてるのか」

「そう。昨日のうちに分けてほしいと頼んである。見に行くか？」

「ぜひ、お願いします」

願ってもない幸運だった。

雇われ農夫が採取している漆《うるし》の木は、ファーナビーさんの敷地のものだという。

私はデリックさんに長靴を借りて準備を整えると、ゼファードさんたちと一緒に森に入る。そしてデリックさんの案内で、以前とは違う道に入った。

「あの、勝手に入って大丈夫なんですか？」

「ああ。ファーナビー氏に事情を話したら、アオイに提供するなら問題ないってさ。すごいじゃないか、あのファーナビー氏と繋《つな》がりがあるなんて」

「偶然ですよ。お孫さんがうちのお店でトンボ玉を購入してくれたことがあって」

「そいつは、偶然じゃないぞ。たぶんな」

私の後ろを歩くゼファード親方がハハッと笑う。それに首をかしげたのはデリックさんだ。

「どういうこと、親父《おやじ》？」

「ファーナビーは亡くなった王太后様の口添えで、今の炭鉱事業を成功させたんだ。エドの頼みなら喜んで協力するだろうよ。おそらく何かしら買う気で、骨董品店に行ったんだろうな。結果としては孫娘が客になったんで、自分は引いたに違いない」

そう言ったゼファードさんに、デリックさんが聞き返す。

「ずいぶん知った風に言うけど、本当なのか？」

「バートランド・ファーナビーとダリウスは、王太后を取り合った仲だからな」

ダリウスって誰？

初めて聞く名前に今度は私が首をかしげると、デリックさんが苦笑いを浮かべて教えてくれた。

「ダリウス・ハーヴェイは、今は亡き先王陛下だよ。親父《おやじ》は年下すぎて、王太后様には相手にされてなかったらしい。過ぎ去りし時代の昔話さ」

「うるせー、耳にタコができるって言いたいんだろ」

「ははは……」

どうやら思っていたよりも、王族とこの国の人々は垣根なく暮らしてきたらしい。

王子はもしかして彼の都合だけでなく、私を見守りやすいように、そして私が支えを得やすいように、骨董品店を任せたのかもしれない。

そう思うと、なんだか困ってしまう。ここは私にとって、仮初《かりそ》めの居場所。あんまり居心地がよすぎるのは……困る。

「ああ、いたいた」

そのとき、デリックさんが坂道の上に立つ人影に気づき、おーいと手を振った。

するとその人物も振り返してくれる。彼が噂の農夫さんらしい。

私たちは話を切り上げ、彼のもとへと急ぐ。

とても幸運なことに、農夫さんは細かいごみを濾過《ろか》した生漆《きうるし》を分けてくれた。それだけでなく、樹液の採取方法を見せてくれて、万が一の補充用に、デリックさんの持つ森の木で採取の準備も完了する。

聞けば農夫さんは南の小国出身で、そこでは漆《うるし》を活用しているらしい。故郷の使い慣れた道具を直すために、使っているそう。

農夫さんに精一杯感謝を伝え、私たちはさっそくゼファードさんの工房に行き、金継《きんつ》ぎの試作に移った。

工房で壊れた青の器《うつわ》を練習用に使って、作業をはじめる。

サンプルとして持参した金継《きんつ》ぎ茶碗を見せ、説明しながら手を動かす。

「まずは接着剤で一つずつ欠片《かけら》を合わせます。それから生漆《きうるし》と小麦粉を混ぜたもので隙間《すきま》を埋めて、おが屑《くず》を入れたパテで継《つ》ぎ目《め》をなめらかにして……最後に金粉などで接着面を覆《おお》うんです」

私がやってみせると、ゼファードさんは拍子抜けしたように言う。

「それだけか？」

「はい、簡単なんですよ。漆《うるし》は乾くと水にとても強くなるので、割れる前と同じように使えます」

「ほう。俺も一つやってみるか」

ゼファードさんは腕まくりすると、練習用の器で作業に取りかかった。慣れた手つきで、さすが職人さんだ。

『手際《てぎわ》がよいのぉ』

茶坊主姿の精霊も、作業机に正座してゼファードさんの仕事を眺めて、感心している。

「おじいさんの持ち主は、茶坊主だったの？」

『そうだな、この姿が違和感ない場所に、長い間おったかもしれん』

「じゃあ、位の高い人ともたくさん出会ってきたってこと？　緊張しない？」

『さて……忘れたな。そうであったような気もするし、夢を見ていただけかもしれん』

曖昧《あいまい》な返事に呆れて、私はため息をつく。

「はぐらかすのがお仕事だったの？」

『ほほほ、年じゃからのぅ』

「人生の先輩だから、相談しようと思ったのに」

人生……という言葉はそぐわないかもしれないけど、彼が私より長く生きているのは間違いない。

『あんたはもう、なるようになってるじゃないか』

「どこが？」

なんだか煙《けむ》に巻かれてしまった気分だ。

「トラヴァースに会うのに、気後《きおく》れしているのか？」

茶坊主の精霊との会話を聞いていたゼファードさんが、笑いながら私に声をかける。

「緊張はしてます、上手くいくかなって」

「気負わず用件を伝えればいい。いいも悪いも、他人の好みなんて変えられないんだから」

「たしかに、そうかも」

ゼファードさんはすでに仕上げの金粉をまぶしはじめていた。本当に手際《てぎわ》がいい。あっという間《ま》に一つを仕上げ、次に銀粉のものまで作っている。

そして二つを並べると、鋭《するど》い目で眺めてふむと頷《うなず》く。

「青には金が映《は》えるな」

ゼファードさんも、出来に満足したみたい。

「これはどれくらい乾燥させるんだ？」

「すぐにくっつきますけど、漆《うるし》が完全に乾くまでは数日かかるはずです」

「そうか。じゃあさっさと終わらせよう」

彼はそう言って、トラヴァースさんの器《うつわ》を指さす。

いよいよ本番の青い皿に取りかかる。二人がかりで手を進めると、作業はさらに早かった。

私が割れた陶器をジグソーパズルのように並べ、ゼファードさんが接着剤で固定する。そして隙《すき》間《ま》にパテを塗りこんだところで、私が金粉をまぶす。

すべての皿を繋《つな》ぎ終えたところで、シャイアさんが馬車で私を迎えに来てくれた。今夜トラヴアースさんに挨拶《あいさつ》と金継《きんつ》ぎについて話すため、支度をしなくてはいけないのだ。

私は慌てて、茶坊主が宿《やど》る茶碗と金継《きんつ》ぎしたばかりの器《うつわ》を数枚、箱に入れる。それからゼファードさんに深く頭を下げてお礼を言うと、馬車に飛び乗った。

そして馬車の中でシャイアさんにも慌てて言う。

「ごめんなさい、お待たせしました」

「馬車を出してもよろしいですか、アオイ様？」

「うん、お願い」

馬車が城に向かって走り出す。

窓の外の景色を眺めながら、そういえば昨日から橘に会ってないと気がついた。

この世界に来てからずっとそばにいてくれた橘がいないことで、不安に襲われる。

いや、今は不安がっている場合じゃない。橘のためにやらなくちゃいけないことがあるんだ。

私は膝の上に置いた二つの箱を持つ手に力をこめて、きゅっと唇を引き結んだのだった。

王城でシャイアさんが用意してくれた服に着替えて向かったのは、お城の中にあるダンスホールのような広間。

そこにはアンレジッドの王族だけでなく、大勢の役人や商人が、トラヴァースさんとの繋《つな》がりを求めて集まっていた。

緊張していたけれど、この人混みにむしろ安堵《あんど》して、そばについてくれているシャイアさんに声をかける。

「シャイアさん、これだけ人がいれば、私なんて紛《まぎ》れちゃうよね。ちょっとホッとした」

「安心するには早いですよ、アオイ様。挨拶《あいさつ》が終わってからにしてくださいませ」

「う、そうだよね」

「さあ、こちらへどうぞ」

私は背筋を伸ばし、箱を持ち直してから、シャイアさんについて行く。

目指すは、広間の奥の方で、エドウィン王子と並んでいる背の高い男性だ。彼は老人の男性と話をしていた。

その人は褐色《かっしょく》の肌に、癖《くせ》がある淡《あわ》い色の金髪を持っている。彫《ほ》りが深くはっきりとした顔立ちと、灰色の瞳が印象的だ。

彼がローランド・トラヴァースさんだとしたら、凄腕《すごうで》の商人というわりにずいぶんと若い。きっと三十代前半だろう。

あと数メートルというところで、金髪の彼はこちらをちらりと見たが、そのまま老人と話を続ける。

そこでシャイアさんが私に耳打ちした。

「アオイ様、このあたりでエドウィン様の合図を待ちましょう」

頷《うなず》いて周囲をうかがうと、エドウィン王子の後ろで、クレメンスさんがにこやかに微笑んでいる。

おかげで私は、少しだけ気持ちを落ち着かせることができた。

そうして待っている間にも、様々な人がトラヴァースさんに話しかけていく。その内容は商売の話、航海の工夫、国ごとの政治の話などと多岐にわたる。トラヴァースさんはそれらすべてに会話を合わせているようだ。

「アオイ様」

ほんの少し会話が途切れたとき、シャイアさんが囁《ささや》き、私の背をそっと押した。

それが合図だとはわかったけれど、とっさのことで慌てて、転びそうになってしまう。不格好に躍《おど》り出た私を、エドウィン王子がすかさず紹介してくれる。

「トラヴァース、彼女が先ほど話した骨董品店主のアオイ・サイトウだ」

私は姿勢を正し、丁寧にお辞儀をした。

「はじめまして、工房通りで骨董品店の店主を引き継《つ》いだ、アオイ・サイトウといいます」

「ああ、きみが。ずいぶん若い娘さんだったのだな、驚いたよ。私はローランド・トラヴァースだ」

彼はそう言うと、私をじっと眺める。私はその瞳を見返した。

「本日はトラヴァースさんに見ていただきたいものがあってまいりました」

その言葉で、エドウィン王子は私が持つ包みを受け取ると、トラヴァースさんを広間から間続きの別室に導《みちび》いた。私はクレメンスさんに促《うなが》され、王子たちのあとに続く。

「開けてくれ、アオイ」

エドウィン王子はテーブルの上に包みを置き、私に声をかけた。私は包みを解くと、まずは茶坊主精霊の茶碗を取り出す。

その茶碗の輝く継《つ》ぎ目《め》に、トラヴァースさんはさっそく興味を持ったようだ。

「手に持ってもいいだろうか？」

「はい、どうぞ」

彼は両手で包むようにして茶碗を受け取ると、継《つ》ぎ目《め》をじっと観察する。

光に当て、ひっくり返し、継《つ》ぎ目《め》の金をそっと指でなぞった。そして最後に、テーブルに置いて茶碗の全体を眺める。

その一連のしぐさは、美術品を扱ってきた人らしいものだ。トラヴァースと父の姿が、重なった。

彼が息を吐いたタイミングで、声をかける。

「これは茶器といいます。抹茶《まっちゃ》という飲み物を淹《い》れ、飲むために使う器《うつわ》です。抹茶《まっちゃ》とは、緑茶葉を挽《ひ》いた粉をお湯で溶いたもので、苦味があるので菓子と共にいただきます。茶碗は長年使うと茶渋《ちゃしぶ》が移るもので、深い色になるのですが、それが器《うつわ》の味として愛《め》でられてきました。同じ理由で割れも器《うつわ》の美として残されてきたそうです。もちろんただ割れているものだと使い物にならないので、そのように、とある技術で繋《つな》いでいます。これもまた、味になっていますでしょう」

「……なるほど。時を経た美しさをこうして残してきたのか。実に面白い」

トラヴァースさんは私の説明に感心したように頷《うなず》く。

「お褒めいただき光栄です。これは実用も兼ねているのですよ」

「実用？　耐久性がいいということか？」

「漆《うるし》を接着に使い、鉱物粉で継《つ》ぎ目《め》を覆《おお》っているので、器《うつわ》として使い続けるのに申し分なく、水や熱には強いです。ただ火に直接当てたり、長時間日光にさらしたりすることは、避けた方がいいかと」

「ふむ」

彼はそう呟《つぶや》くと、何かを考えこむ。

私は次に、先ほど修復したばかりの皿を取り出した。それはトラヴァースさんが、破損を理由に廃棄したという青い陶磁器《とうじき》だ。

今できる技術のレベルと、修復後の印象を知ってもらうために、欠損の少ないものだけを持参した。

「こちらは本日、急遽《きゅうきょ》修復したものです。失礼ながら、トラヴァースさんの船で廃棄されたというものを譲《ゆず》り受けました。まだ乾燥が終わってないので、触れずに見てください」

トラヴァースさんは私の言葉に頷《うなず》き、じっと皿を見つめる。

——その皿と茶碗の間に、茶坊主姿の精霊が現れて、ちょこんと正座する。

緊張が高まる中、何をするのかと心配していると、茶坊主はトラヴァースさんの肩に乗り、一緒になって皿を覗《のぞ》きこむ。その仕草が妙に愛嬌《あいきょう》があって、私は必死に笑いをこらえた。

茶坊主から目線を逸《そ》らすと、無表情に徹しようとして顔をひくつかせるエドウィン王子が目に入り、私は「プッ」と小さく噴き出す。

するとトラヴァースさんが振り返り、首をかしげた。

「どうかしたんですか?」

「い、いいえ、なんでも」

慌てて否定したが、彼は何かを察したのか、エドウィン王子の様子をうかがう。

王子に精霊が見えていることは、隠さなくてはいけない。ここは私だけでも精霊が見えると伝えた方がいいのかもしれないと、少しだけうそをまぜて伝えることにした。

「申し訳ありませんでした。金継《きんつ》ぎ茶碗の精霊が陽気な老人なので、つい反応してしまって……。私の挙動がおかしいと気がついたエドウィン王子に、目でたしなめられました」

「一度は割れてしまったこの茶碗が、精霊を宿《やど》している? そしてあなたにはそれが見えているのか」

「はい」

するとトラヴァースさんは納得顔で頷《うなず》く。

「ああ、やはりあなたは特別なお方――『精霊の愛し子《いとご》』でしたか」

「いえ、特別というわけではありませんが」

「すぎる謙遜《けんそん》はよろしくない。亡くなられた王太后ティナ様の仕事を引き継《つ》がれる方だ、当然のことでしょうに」

彼の言葉に、私は目を見開いた。

……ティナ？　王太后は、ティナという名なの？　それは、祖母の姉――行方《ゆくえ》不明になった彼女と、同じ名だ。

私は困惑しながら、エドウィン王子に目を向ける。

まさか……偶然だよね？

動揺を押し殺して自分をなだめていると、金継《きんつ》ぎの器《うつわ》の中央にいる小さいものが目に入った。

なんだろうかとよく見たら、丸いものから四本の脚が生え――大きく伸びをする。全身が深い青の産毛で覆《おお》われていて、すらりと地を踏みしめ、立ち上がった。

手のひらサイズの仔馬だ。細面の顔に黒い瞳。たてがみは器《うつわ》に施《ほどこ》された金継《きんつ》ぎと同じ金色。

この仔馬って、もしかして精霊？

『珍しい、精霊の目覚めに立ち会うとは』

茶坊主の精霊が、驚いたようにそう言った。

「目覚めって……もしかして生まれたってこと？」

『そうじゃな。あんたの『愛し子《いとご》』とやらの力を、助けにしての』

そんなことができるものなの？　私は驚きのあまり言葉にならず、茶坊主の精霊を見つめる。

『見えるというのは、すでにあるものを認識するばかりではない。まだ形をなさないものを、具現化する力を与える』

「それって、どういう……」

小声で話をしていると、トラヴァースさんが声をかけてきた。

「アオイ？」

「……はっ、はい、なんでもありません」

トラヴァースさんだけでなく、クレメンスさんたちまでもが、私の様子をうかがっていた。視線が痛い。

エドウィン王子も今の出来事を見ていたはずだけど、人の目があるからか知らんぷりをしている。

「この補修技術はとても素晴らしい、これをぜひ私に引き取らせていただきたい！」

トラヴァースさんは興奮したように、私の手を取った。

「これと同じように補修されたものを一度だけ見たことがありましてね。この技術を扱える者がいるとは思わなかった。私はとても幸運に違いない。この国に寄港することになったのも運命だったのかもしれない」

「そんな、大袈裟《おおげさ》ですよ。材料さえ手に入ればとても簡単な技法ですから」

私がそう返事をすると、トラヴァースさんは目をにこりと細めた。

その色気のある表情にドキリとしている間に、彼は私の手を取る。そしてその甲に触れるかどうかという距離まで唇を寄せ、私を見上げた。

「どうぞ、あの古き器《うつわ》、すべてよみがえらせていただきたい」

「あ、あの、お預かりした器《うつわ》の修復作業は、すでに終えています。あとは完全な乾燥を待つだけ、

です」

「素晴らしい。ぜひあなたの店を見てみたいものだ。そうだ、他の品の補修や扱いのコツなども、私の部下たちにご教授願いたい。嵐で傷ついたのは、この皿だけではないのだ」

「わ、私の知識でできることでしたら、もちろん喜んで」

ぎゅっと握《にぎ》られた手をどうしようかとあわあわしていると、トラヴァースさんが私の手首を撫《な》でる。一瞬、背筋に寒気が走った。

「とてもいい細工ですね、同じものをどこかで見た記憶があるのだが……はて、どこだったか」

「え？」

彼が言っているのは、私がつけている宿《やど》り木のブレスレットのことだ。しかし私はそれどころではない。

この世界のマナーがわからない中で、どうしたら失礼にならず手を離してもらえるだろうか。必死で考えている私の前に、エドウィン王子が割りこんできた。

「このたびは時間をいただき、私からも感謝する」

エドウィン王子がそう言うと、トラヴァースさんはようやく私の手を離してくれた。そして私の顔を覗《のぞ》きこみ、笑みを浮かべる。

「では、あらためて器《うつわ》をいただきにまいります。またお会いしましょう、アオイ」

トラヴァースさんは私の態度に気を悪くした様子もなく、エドウィン王子に軽く会釈《えしゃく》してその場を去った。

「大丈夫か？」

エドウィン王子は私を振り返り、気遣うように声をかけてくる。

「すみません、ちょっとビックリしちゃって。もう大丈夫なので、気にしないでください」

「そういうわけにはいかない」

ここでの私の仕事は終わり。もう帰っていいかなと思っていたのだけれど、王子は私の手を引いて部屋の外に向かう。

「漂流物の記録が見たいと言っていただろう。見せてやるからついてこい」

「それはありがたいですけど……今からですか？」

「なんだ、都合が悪いのか？」

「いいえ、私じゃなくて……」

王子はまだ、宴《うたげ》の最中じゃないの？

私の言いたいことに気がついたのか、エドウィン王子は一瞬だけ考えた後、にやりと笑う。

「いい、俺も飽《あ》き飽《あ》きしていたところだ。抜け出す口実にする。クレメンス！」

「はい、エドウィン様」

人目があるからか、クレメンスさんは王子を様付けで呼ぶ。

「あとは頼んだ、適当に誤魔化《ごまか》しておいてくれ。あと、そこの器《うつわ》をシャイアに預けておいてくれ。新たな精霊付きの品だ、大事に扱え」

誤魔化《ごまか》すって、そんなのいいの⁉

しかし動揺したのは私だけで、クレメンスさんは慣れた様子で「はいはい」と答える。どうやら許されるらしい。じゃあいいか。

それにしても、やっぱり王子も仔馬の精霊が生まれるところを見ていたのね。

そんなことを考えていると、エドウィン王子は部屋の外に出て、吹き抜けの廊下をずんずん進んでいく。そして半地下にある書庫のような部屋に辿り着いた。

「ここは、王太后が作った資料部屋だ。お前に渡しているもの以外の漂着物の記録は、すべてここにある」

王太后という言葉に、私の鼓動が跳ねる。

「……見ても、いいの？」

「ああ。だがお前が見ても、無駄だと思うけどな」

王子がいたずらっぽく笑う。

「どういうことよ」

私がムッとすると、王子は扉の鍵を開けて部屋に入る。そして棚から一冊の資料を取り出し、無造作にページをめくって私に見せた。

――その瞬間、王子の言わんとしていることを悟《さと》る。そうだった、私はこちらの世界の文字が、まったく読めないんだった……

翻訳《ほんやく》ピアスのおかげで話し言葉は理解できるけれど、文章には作用しないのだ。すっかり忘れていた。

「はは、どうやって読む気だったんだ。まあいい」

王子は私をからかうように笑うと、ふらりと別の棚に移動し、二冊の帳面を出す。

それは骨董品が人手に渡ったときの記録なのだという。書式は店で使っている売買契約書と同じだ。

エドウィン王子は一ページ目を開き、私に見せて尋ねてくる。

「読み上げればいいのか？」

「え、エドウィン王子が読んでくれるの？」

まさかそんなことを言ってもらえるとは思わなくて、驚いてしまう。

「読んでほしいのか、読んでほしくないのか、どっちなんだ」

「もちろん、読んでください、お願いします！」

私が懇願《こんがん》すると、エドウィン王子は帳面を読み上げはじめた。

二年ほど前から私がこの世界に来るまでは、骨董品のもらい手がついていない。

――二年数ヵ月前に売れたのは、花器。それまでは引き受け手がいなかったようだ。これは西洋のものらしく、薔薇《ばら》などの花々が全面に描《えが》かれていたみたい。

――それから二ヵ月ほど遡《さかのぼ》って、ガラス製のグラスが売れた。それから煙管《キセル》のようなもの。

そのように、三年ほど前まで、骨董品の売れ方はかなりまばらだ。

どうしてか尋ねると、エドウィン王子が困ったような顔をした。

「祖母が他界して、『精霊の愛し子《いとご》』である俺が骨董品店を引き継《つ》いだんだ。管理下に置き、自《みずか》ら骨董品と対峙《たいじ》してみたものの、彼らの言っていることがまるでわからなくて、失敗ばかりだったからな」

その言葉で、本当にエドウィン王子が自《みずか》ら店を切り盛りしていたのだと知る。前も似たようなことを聞いた気がするが、あまり信じていなかった。だって王子様がお店をやるなんて、予想外すぎる。

「本当にエドウィン王子が、直接引き取り手を探して渡したんだ……」

「仕方がないだろう、祖母の遺言《ゆいごん》に書かれていたのだから。しかし翻訳《ほんやく》機能がついたピアスは、異世界から来た者にしか使えない。俺以外の者がやっても失敗していただろう」

エドウィン王子が私のピアスを指さして言う。

「異世界人しか使えないという話は、シャイアさんから聞きました」

その製作者は、異世界人だということも——。それが誰なのか、今すぐ聞きたい。

けれど口ごもっているうちに、王子は次のページをめくった。

「続けるぞ」

「あ、はい、お願いします」

次にあるリストは、三年と少し前のもの。天使を象《かたど》った陶器の像と、掛け軸。それからどこの遺跡から出たものなのか、素焼きの古代文書や小さな神像……

だいたい月に二、三品ほどのペースで売れている。

「もしかして……このあたりはもう、先代の骨董品店主の時代ですか?」

「そうだな。だがもうこれで五年前まで遡《さかのぼ》ったぞ。探しているものはあったのか？」

私は無言で首を横に振る。

五年前ならば、さくらの気配はあちらの世界にあったと、橘から聞いている。

「そうか。ならば残る希望はこちらだな」

エドウィン王子が持ち上げたのは、今見せたものとは少し違う薄手のノートだ。とても古く茶色く変色しているけれど、どこか懐《なつ》かしいような作り。

「ただしこれに関しては、俺は読み上げることはできない」

「ええ、どうして？」

「見てみるといい」

そう言って渡されたノートを広げ、私は驚きのあまり息を呑む。

そこに書かれていたのは、なんと英語だったのだ。

「これ……どうして？」

「祖母が書いたものだ」

心臓がドクンと大きな音を立てて跳ねた。

震える手に力を入れ、ノートの最初のページを開く。

――ここが本当に妖精の世界でないならば、いつか愛《いと》しい妹ジュリアのもとに戻るため、あらゆる出来事を記録していこうと思う。誰にも読まれないために、私だけの言葉で。ティナ・プレスコット――

私は震えを止められないまま、エドウィン王子を見上げる。

「私の、お祖母《ばあ》ちゃんの名は、ジュリア・プレスコットっていうの。ティナは……ずっと昔に、行方《ゆくえ》不明になったお祖母《ばあ》ちゃんの姉で……」

アンレジッドの王太后は、行方《ゆくえ》不明だったお祖母《ばあ》ちゃんの姉――つまり、私の大伯母《おおおば》様？

こんな偶然って、あるの？　信じられない。

戸惑いながら言った私の言葉に、エドウィン王子も目を見開く。

「やはりそうか……。これを書き記《しる》したのは、俺の祖母だ。ティナ・ハーヴェイという名で、三年前に葬儀を終えた」

何度も耳にした、『精霊の愛《いと》し子《ご》』だった王太后の存在。もちろん、彼女の死も……

お祖母《ばあ》ちゃんは今でも、行方《ゆくえ》不明になった姉のティナはどこかで生きているはずだと信じていた。だから姉の帰りを願って、毎日欠かさずおまじないをしているのだ。

「でも……本当に、この国の王太后が、お祖母《ばあ》ちゃんの姉であるティナ大伯母《おおおば》様？」

「信じられないがな。実は、他にも見せたいものがある」

エドウィン王子は、私を資料部屋の奥に連れてきた。彼は部屋に置かれていたランプに火を灯《とも》し、持ち掲《かか》げる。その先の壁に、額縁《がくぶち》に納められた絵画がかかっていた。

「祖母のティナが若い頃、先代国王ダリウス・ハーヴェイ――俺の祖父が画家に描《えが》かせたものだ」

そこに描《えが》かれていたのは、年若く美しい女性だった。

艶《つや》やかな黒髪と、生気に溢《あふ》れる黒い瞳で、凛《りん》として美しい。なんで気づかなかったのだろうと呆れるくらい、エドウィン王子と面影《おもかげ》が重なる。そしてかつてお祖母ちゃんに見せてもらった、大伯《おお》母《ば》様の写真とも。

あぁ、ティナ大伯《おお》母《ば》様は、私と同じようにこちらの世界に来ていたのか……

気づけば、涙が溢《あふ》れていた。

この事実は、祖母にとってどんなに嬉しいことだろうか。それを伝える術《すべ》がないのは残念だけれど、その半面、お姉さんがすでに亡くなっていると伝えずに済んだことに、安堵《あんど》する気持ちもあって――

複雑で、悲しい。こんな気持ちは、とても抱えきれない。

それでもいっそう、元の世界に帰りたい気持ちが募《つの》った。

「信じられないのも仕方ないだろうな。俺もそうだった。お前が最初にそのブレスレットを拾い上げたとき、亡くなった祖母を思い出した。そのデザインは、祖母がお守りに使っていたものに似ていたから」

「そんなに前から、エドウィン王子は気づいていたの？」

すると王子は首を横に振った。

「よくあるデザインなのかもしれないと、自分に言い聞かせたさ。しかしお前と話をしていて、もしかしたらと思うようになった」

「そう……。宿《やど》り木のブレスレットは、お祖母《ばあ》ちゃんがティナ大伯母《おおおば》様とよく作った、お守りとお揃いなんだって言ってた」

私の言葉に、エドウィン王子は納得したように頷《うなず》いた。そして私の耳にある、翻訳《ほんやく》機のピアスを指さす。

「そのピアスは、祖母の形見だ」

「これが……？」

「祖母が自分のために作ったと聞いている」

「そう、だったんだ」

幸せな結婚をしたとシャイアさんが話していた魔法をよみがえらせた異世界人が、大伯母《おおおば》様なんだ。

ティナ大伯母《おおおば》様を助けた道具が、私を支えてくれていたと思うと、嬉しくて再び涙が滲《にじ》む。

私は涙を拭き、大伯母《おおおば》様が残したノートに目を落とす。

ここに、さくらのことが載っているかもしれない。

だがエドウィン王子は、さっとノートを取り上げる。その動作はとても素早くて、気づいたら奪い取られていた。

「エドウィン王子？」

「まだだ。俺の質問に答えたら、これを貸してやる」

王子は、いたずらが成功した子供のような笑みを浮かべる。

「ひどい、見せてくれるつもりだったんじゃないの？」

「そのつもりだったが気が変わった。素直に答えれば貸してやるのだから、結局は同じことだ」

「……質問って何？」

なんて意地悪なんだろうと憎《にく》らしく思いながら聞き返す。

「これは本当に、タチバナのためだけなのか？」

「……え？」

「お前の望みは帰還だろう。タチバナと算段しているのだろうが、それとさくらはどう関係があるんだ？」

思いがけないことを聞かれて、私は口ごもってしまう。

「え、ええと、橘が私を帰してくれることになっていて……」

「その方法は？　危険を伴《ともな》わずに帰れるのか？　確実だという根拠はどこにある？」

「でも橘は、さくらさえ戻れば大丈夫だって」

信用できないと言いたげにじっと見つめてくるエドウィン王子に、私は知っていることを話す。

「橘とさくらが揃うと、もっと大きな力を得られるらしいの。そうすれば私を元の世界に帰すことも可能だって」

「それは本当か？」

「本当かどうか証明する術《すべ》はないけれど……。橘はさくらを探すために私の協力が必要だし、その見返りに私を元の世界に帰すと約束してくれたわ」

「手がかりは、コレか」

エドウィン王子は手にしたノートを眺める。

「それともう一つ、トラヴァースさんの船で感じた、さくらの気配。さくらの気配がかすかに感じられるって、橘が言っていたの。それで調べに出かけたまま、帰ってこないのだけど……」

「いつから戻っていない？」

「昨日の午後に出かけたきり、帰ってないの」

エドウィン王子はなぜだか難しい顔をして考えこんでしまった。そしてしばらくして口を開く。

「トラヴァースには精霊に関わる噂があって、少し気になっている」

「噂？　どういう内容？」

「精霊付きの品々を売り、荒稼ぎをしているという。トラヴァースが扱う品の精霊たちは騒ぐことなく、大人しいものばかりで人気なのだともっぱらの噂だ」

「大人しいぃぃ⁉」

精霊たちが、ねえ？

骨董品店にいる精霊たちを思い浮かべながら、私は首をかしげる。

そんな私に、エドウィン王子はため息まじりに続けた。

「そもそも本当にさくらがトラヴァースの手元にあったとして、どうやって取り戻すつもりだった？」

「う……それは……」

たしかに、手放したくないと言われる可能性もある。

「アオイ、目的を達したいならもっと俺を利用しろ。金も権力も、一応ある」

エドウィン王子がそんな風に言うなんて、意外だった。

私が驚いていると、資料室にクレメンスさんが入ってきた。彼の振る舞いはまだ丁寧バージョンだ。

「エドウィン様、よろしいですか」

いつもにこやかな彼らしくなく、真剣な表情でエドウィン王子に駆け寄ると、何かを囁《ささや》く。

「――わかった、すぐ行く」

エドウィン王子はそう答えると、私に申し訳なさそうに視線を送ってくる。急用ができて話を中断しなくてはいけないのだろう。

クレメンスさんが部屋の外に向かうと、エドウィン王子はノートを再び私に渡し、資料室を出た。

王子は「これから港に向かう。アオイはシャイアと寮《りょう》に戻るように」と言う。そしてノートを指さした。

「しばらくそれは貸しておく」

「ありがとう。でも、持ち出してしまってもいいの？」

「ああ。その代わり、俺以外には内容を教えるなよ」

つまりこれも翻訳《ほんやく》しろということか。

「わかった。大切に扱うわ、大伯母《おおおば》様の大切なものだし」

私がノートを抱きしめてそう頷《うなず》くと、彼は満足したように微笑んだ。

そのとき、彼の目元にクマができていると気がつく。

そういえばこのところ、エドウィン王子は忙しそうだった。嵐の中で船を救難し、予定より早くトラヴァースさんを歓迎する宴《うたげ》を開いたのだ。きっと休む暇などなかったはず。

そんな中で、私のお願いをこうして聞いてくれたことに、ありがたさと申し訳なさが募《つの》る。

同時にエドウィン王子の体調が心配になるのだった。


それから寮《りょう》に帰り、私は逸《はや》る気持ちを抑えつつ、王太后の秘密のノートを開く。

そこに記《しる》されていたのは、日記のようなもの。

最初は、世界を越えたという驚きと、絶望が書かれていた。長く綴《つづ》られているのは、『やっぱり自分は妹とは違う、異質な存在だからこうなったのか』という、やるせない気持ちだ。

だけどそれらは年月が経つにつれて薄らいでいき、流れ着いた骨董品の精霊たちや、街の人々との出来事が増えていく。

そして、次第にダリウスという名前がよく出るようになった。ダリウスというのは、先代国王陛下の名前のはずだ。

それから日記の間隔が空《あ》くようになり、ついには人生の節目のみになる。結婚、出産、子育て、自分のために翻訳《ほんやく》機を作ったこと……それでも変わらず出てくるのは、妹ジュリアに対する思いだった。

いつのまにかティナ大伯母様《おおおばさま》は年を取り、日記の日付は三年半ほど前になっている。

……そのページに描《えが》かれた小さな壺《つぼ》の絵に、目が釘付《くぎづ》けになった。

「白い陶磁器で、描《えが》かれた花は……桜」

絵に癖《くせ》があってわかりにくいが、間違いない。橘と対《つい》になる大壺《おおつぼ》さくらだ。

記述の方に目をやると、どうやらティナ大伯母様《おおおばさま》はさくらをとても気に入ったようだった。

――よく言えば自由奔放《ほんぽう》、冒険主義で無鉄砲。彼女は世間知らずなくせに、とてもカンがいい。

そして恐ろしいほどの力を秘めている。おかげで翻訳《ほんやく》の魔法を使えるようになって、ピアスは要らなくなった。口が悪いせいで、いつか痛い目にあうに違いないけれど、私たちは気が合うはず――

あれ……？　橘の話では、さくらは兄に頼りきりなイメージだったけど……。大伯母様《おおおばさま》が記《しる》すさくらとは、かなり印象が違うように感じる。

私の気のせいかな。

気を取り直して読み進めると、ティナ大伯母様《おおおばさま》はさくらを連れて旅に出る計画をしたらしい。先王ダリウスと死別し、息子が王位を継《つ》ぐのを見届けて、自由になることを望んだようだった。

私は白紙になったページをそっと閉じる。

エドウィン王子やシャイアさんは、王太后が亡くなったのは三年前だと言っていた。少しくらいは願いが叶ったただろうか。旅に、出られたのだろうか。

私はため息をつきながら日記を抱きしめ、ベッドに身を投げ出した。

偶然とはいえ、大伯母様《おおおばさま》の生きた証《あかし》を手に入れることができた。

だけどそれを最も伝えるべき相手である祖母は、はるか遠く、世界を越えた向こうにいる。

そして橘にさくらの手がかりを見つけたと真っ先に伝えたいのに、どうして帰ってこないのか。

もし帰ってこられないのなら、私が代わりになんとかしないと——

そう決意して、私は重いまぶたを閉じたのだった。


翌朝は、さわやかな晴天。けれど骨董品店へ向かう途中の馬車の中、シャイアさんから聞かされたニュースは青空にそぐわぬ不穏なものだった。

エドウィン王子が昨晩向かったのは港。そこで漁師たちが目撃したものについて、聞き取り調査に行ったのだという。

「目撃したものって？」

「海賊らしき者の偵察艇《ていさつてい》のようです」

「海賊ってもしかして、トラヴァースさんの船を襲ったのと同じ海賊？」

「それはまだわかりません。夜だったので、旗などの船籍を証明できるものが見えなかったようです。とにかく、アンレジッドの海は潮流が複雑で、地元の漁民ですら危険ですからね。海難事故を起こされると困るので、目撃情報があれば海賊でも商船でも、必ず警備をおこなうのです」

なるほどと頷《うなず》いたが、王子が指揮をとるほどのことだろうか。

私が不思議がっていると、シャイアさんは「異世界の門が開いた嵐の影響や、トラヴァース様への配慮もあって慎重になっているのです」と説明してくれる。

「それにエドウィン様は皆に信頼されていますから、こういうときに指揮をとってくださると国民が安心するのですよ」

そう言うシャイアさんは、なんだか誇らしげだった。

しばらくして、骨董品店に到着する。するとなんだか様子がおかしい。

店の外観に変化はないが、精霊たちが騒がしい気がする。とにかく中に入ろうと解錠して扉を開けると、中から精霊たちが押し寄せた。

「ちょっと、どうしたの？　みんな」

勢いに押されて転びそうになるが、とっさにシャイアさんが支えてくれて、ギリギリセーフ。

「アオイ様、どうなさったんですか？」

精霊の姿を見ることができないシャイアさんには、私がいきなり体勢を崩したように見えただろう。私は事情を話そうと口を開いたが――

「ありがとう、精霊たちが……」

『たいへん、たいへん』

『橘の御仁《ごじん》が消えた』

『どこか行っちゃった』

――精霊たちの訴《うった》えに遮《さえぎ》られた。

ぴょんぴょん跳ねながら子鬼が大変だと走り回っている。

橘が消えたって、どういうこと？

さらに奥の保管庫を覗《のぞ》くと、普段は落ち着いている大人の精霊たちまで顔を突き合わせて、何かを話し合っている。

私はシャイアさんに開店準備を頼み、昨日持ち出した茶坊主が宿《やど》る茶碗を持って保管庫に入った。

そして精霊たちに声をかける。

「橘は先日入港したトラヴァース商会の帆船《はんせん》に行ったきりなの。消えたってどういうこと？」

『気配がなくなってしまったのだ』

気品たっぷりの陶器の女王様がそう答えると、茶坊主の精霊が頷《うなず》く。

『昨日の昼頃まではその港あたりにいたと思うのだが、その後ぷつりと途絶《とだ》えたようだ』

「それって本当なの？」

『ああ、どこかに行ったというより、忽然《こつぜん》と消えたと言ったほうが正しいか』

「消えたって、そんな……」

橘に何かあったんだ。どうしよう、気配が消えるなんて、ただごとじゃない。

しかし保管倉庫の奥には、橘の本体が堂々と鎮座している。それにはなんの変化もない。

「ここに壺《つぼ》があるんだから、大丈夫……だよね？」

『揚羽と同じ。精霊として力を失ったか、それとも封じられたか』

不穏なことを言う茶坊主に、私は詰め寄る。

「封じられたって、誰に？」

『さあ、どこの誰じゃろうな』

飄々《ひょうひょう》とした精霊は、にこやかに微笑んで首をかしげる。私はがっくりと項垂《うなだ》れる。

他の精霊たちにも思い当たることはないのかと問うものの、みんな首を横に振った。

『探せばよかろう、いなくなったのなら』

そこで口を挟んだのは、普段昼間には寝てばかりの白蛇《しろへび》うわばみだ。

『橘の御仁《ごじん》がいないと退屈ねえ。さっさと探してらっしゃい』

陶器の女王様は、お付きの天使に扇《おうぎ》で煽《あお》がれながら、こともなげに言ってくれる。

でもその通り。いなくなったのなら、探すしかない。まずはいなくなった場所から――

「ありがとう、みんな。なんとかしてみる」

精霊たちにお礼を言って、シャイアさんのもとへ戻る。

修復した青の陶磁器《とうじき》を口実にして、トラヴァースさんの船に入らせてもらおう。きっとそれが一番早い。

「ねえ、シャイアさん、お願いが……」

ホールに出ると、そこにいたのはシャイアさんだけではなかった。

小柄というわけでもないシャイアさんのつむじを見下ろせるくらいの背の高さ。逆光で顔がはっきりとは見えないけれど、高い襟《えり》が特徴的な異国の服、そのシルエットは……

「トラヴァースさん！」

「突然ですまないが、邪魔をするよ、アオイ」

噂をすれば影。今一番会いたい人物が、向こうからやってきてくれた。

「いいえ、ご来店ありがとうございます。光栄です、トラヴァースさん」

「素敵な店だね。骨董品は得意分野でもあるから、こういう店に来るとワクワクするよ」

にこやかに話すトラヴァースさんを見上げる。

——この人、こんなに背が高かったかな。そう感じるのは、昨夜と違ってそばにエドウィン王子やクレメンスさんがいないせいか。

橘はトラヴァースさんの船に行って、気配が消えた。橘が帰らないことは、この人と関係があるのかもしれない。そう思っただけで、警戒心が高まってくる。

「どうかしましたか、アオイ？」

「いえ。それでは店内を案内しますね」

「いいや、今日はアオイに修復を頼みたい品があってね。よかったらきみが直接、船に来てくれないだろうか。なに、ほんの少しの間でいいから」

「私がですか？」

本当に、なんてタイミングだろうか。橘の行方《ゆくえ》を知るためにも、断る理由はない。

「わかりました。ではご一緒にまいりましょうか」

「アオイ様、エドウィン様がいらっしゃらないのに」

シャイアさんは心配そうに、私にそっと耳打ちしてくる。私は彼女に笑顔で返す。

「わかってる、大丈夫だから。王子には居場所だけ伝えておいて。頼りにしてるからって」

「どうしても行くというのでしたら、私もお連れください、アオイ様」

すがるようなシャイアさんに、首を横に振る。

万が一のために、別行動をした方がいい。

私は渡そうと思っていた乾燥途中の金継《きんつ》ぎの皿を、注意深く梱包《こんぽう》して箱にしまう。それをトラヴァースさんのお付きの人に手渡した。

そして王太后のノートを入れた鞄《かばん》に、残った生漆《きうるし》とゼファードさんに分けてもらった修復道具を詰めこんで、店を出る。

「わっ、すごい風」

店の外に出たとたん、強い風が吹きつけてきた。

工房通りに並ぶ看板も、風に煽《あお》られて音を立てる。

さっきまではいい天気だったのにと、港の方を見ると――

「な、何あれ」

唖然《あぜん》としてしまう。港がある湾の上にだけ、真っ黒な雲が渦巻《うずま》いていたのだ。

嵐というより、竜巻に似ている。

「船を出るときには、予兆もなかったはずだが」

トラヴァースさんたち一行も、ざわついている。

これまで見た嵐とは、明らかに違う。湾の内側に黒い雲が渦巻《うずま》き、港近くが荒々しく波立っていた。小さな漁船が木の葉のように波に翻弄《ほんろう》され、係留されている巨大帆船《はんせん》もまた左右に揺れている。

「まずいな、船に戻ろう。また荷が駄目になってしまう。アオイ、すまないが、さっきの話はまた後日に改めて」

船主なのだから、焦るのは当然だろう。だけど混乱しているこの状況は、私にとってチャンスだ。

「いいえトラヴァースさん、積み荷が危険ですから、やっぱり手伝わせてください」

「アオイ。気持ちは嬉しいが、嵐に巻きこまれるかもしれないんだぞ。とても危険だ」

怪訝《けげん》そうにするトラヴァースさんを押しきろうと、私はたたみかける。

「大丈夫です。骨董品の保護のための知識は、どのようなものにも応用できます。私はお役に立てるでしょう。それに人手は少しでも多いほうがいいですよね？」

「それはそうだが……」

じっと私を見つめるトラヴァースさん。エドウィン王子とはまた違った貫禄《かんろく》で、怯《ひる》んでしまいそうになってぎゅっと手を握《にぎ》りしめた。

ここで引いたら、また船に入る機会を探らなければならなくなる。橘のことを考えたら、次を待っている余裕なんてない。

するとトラヴァースさんが根負けしたように、肩をすくめた。

「わかった、本来なら私からお願いせねばなるまい。頼む、アオイ」

「はい！」

そうして私は、トラヴァースさんたちの馬車に乗りこんだ。

港に近づくにつれ、馬車に風がぶつかり激しく音を立てるようになる。

小窓から見ると、空にはさっきよりも黒い雲が広がっていた。トラヴァースさんがため息をつく。

「こんなに何度も嵐に見舞われるとは、ついてない」

「本当に、立て続けでしたね」

商人にとって、嵐は不運でしかないだろう。

「ああ、今回はね。アンレジッドの海峡《かいきょう》は海賊が少ないから、本来は安全なんだが、こう嵐が続くと頭が痛い」

「特別な航路だから、海賊が出にくいんでしたね」

聞いた話を思い出していると、トラヴァースさんが不思議そうに言う。

「アオイ、きみはここに来て日が浅いのかい？」

「はい、まだ一ヵ月くらいで……」

そこまで言ってから、私はハッとする。

トラヴァースさんの灰色の瞳が、私を射貫《いぬ》くように見つめていた。

少しでも詮索されると、私がアンレジッドだけでなく、この世界そのものに疎《うと》いことがバレてしまいそうだ。そもそも、異世界人がアンレジッド王国以外でも、受け入れられるのかわからない。

黙りこくった私を、トラヴァースさんは特に咎《とが》めず視線を空に戻す。

しばらくして、横殴りの雨の中、港に到着した。私たちは馬車を降り、帆船《はんせん》に乗るために桟橋《さんばし》を進んで、簡素なステップに足をかける。

「アオイ！」

叫ぶような声が聞こえて振り返ると、馬に乗って近づいてくるエドウィン王子がいた。

「エドウィン王子か。血相を変えて……何かあったのかもしれない」

トラヴァースさんがそう言って桟橋《さんばし》に戻る。

エドウィン王子は桟橋《さんばし》の手前で馬から降り、まっすぐ私のところへ来た。

「アオイ！　なぜお前がここにいる？」

「トラヴァースさんの手伝いで、船の荷の保護に」

「ちょっといいか」

王子は私の腕を強引に引っ張って、トラヴァースさんたちから離れる。

「勝手なことをするな。今は危険だとシャイアに聞かなかったのか？」

ひそめられた王子の声は、雨と風の音でトラヴァースさんには聞こえないだろう。私も彼と同じくらいの声の大きさで答える。

「でも橘が、いなくなったの」

「……なんだと？　詳細を」

エドウィン王子は状況が掴《つか》めないせいか、苛立《いらだ》ったように説明を求めてくる。

「他の精霊たちから、橘はトラヴァースさんの船にさくらを探しに行ったまま、気配を絶《た》ったって言われて……。探しに行こうと思って」

「待て、どうして今なんだ、嵐が去ってからでもいいだろう！」

「ダメよ！　揚羽のときだってギリギリ間に合ったのよ？　もし橘に何かあったら……」

私の言葉に、エドウィン王子は顔を歪《ゆが》める。

「アオイ、よく聞け」

エドウィン王子は私の両肩を掴《つか》み、真剣な顔で言った。

「嵐に乗じて海賊らしき者がこちらに向かっている。港で、戦闘になるかもしれない」

「せ、戦闘？」

「ああ、海賊の目的は、強奪しそこねたトラヴァース船の荷だろう。海賊をアンレジッドの警備船で排除する」

「え、でも、私は……」

戸惑う私に、彼は言い含める。

「いいか、アオイ。トラヴァースの船に入ったら、船室から出るな。甲板《かんぱん》に出たら海へ落ちかねない。それに海賊の武器は弓だ、流れ矢に当たればただでは済まない。いいな！」

てっきり、私の言い分なんて一蹴されるかと思ったが、彼は注意を促《うなが》すだけだ。

「行っても、いいの？」

「行け、海賊は必ず食い止める。ここは俺たちの港だ、好きにさせるか」

彼は凜《りん》とした表情で空を見上げる。私は突然心配になり、すがるように言う。

「エドウィン王子、あの、気をつけて」

エドウィン王子が驚いたような顔で私を見て、ふっと笑う。

「ああ、終わったら迎えに行く。さあ早く行け、今回のような嵐は何が起こるかわからないからな」

背中を押されるようにして、桟橋《さんばし》で待つトラヴァースさんのところに向かった。

帆船《はんせん》に乗るための階段を上《のぼ》りながら、再び馬に乗ったエドウィン王子を振り返る。

トラヴァースさんの船から少し離れた場所に、小型の汽船が何隻も停留していた。そのそばに大勢の人影が見える。

「さあ、急ごう」

トラヴァースさんに促《うなが》され、私は帆船《はんせん》に乗りこむ。

船内に入ると、雨でびっしょりになった私たちに、船員さんがタオルを渡してくれる。ありがたく受け取って滴《したた》る水を拭きながら、トラヴァースさんに案内されて急ぎ足で貨物室に向かう。

「揺れるから足元に気をつけて」

そう注意されて入った広い貨物室では、大勢の船員が慌ただしく荷物の固定に走り回っていた。

補給で運びこんだ荷物が、まだ整理されていなかったのだろう。

走り回る人々をかいくぐるようにして向かった先――おそらく船尾の方向に、仕切られた小さな部屋があった。

「貴重な品はここで保管してある。ここから奥へは、私の許可がなければ入れない」

トラヴァースさんは懐《ふところ》から鍵を取り出し、扉にはめこまれた頑丈そうな錠前を開ける。

鍵には、城で見たのと同じような、封印の印が刻まれていた。

中に納められているのは、精霊の宿《やど》るような特別な品物なのだろう。この中にさくらがいるのではと、期待が膨《ふく》らむ。

扉が開かれて中に入ると、真っ暗でよく見えない。トラヴァースさんのお付きの人がランプに火を灯《とも》す。すると明かりに照らされ、丁寧に梱包《こんぽう》された木箱がいくつも見えた。それらはぴんと張ったロープで、しっかり固定されている。

「私の出る幕はなかったみたいですね」

「いや、これは急ごしらえだ。例の皿を破損したときは、箱さえ固定すればよいと思っていたのだが、ほんの小さな隙間《すきま》が振動を伝えて破損してしまったのだ。まだすべてを確認できていない」

「そういうことだったんですね、じゃあ、特に心配な品物はあるんですか？」

「ああ、こちらに」

部屋の奥に案内されると、狭い階段があった。

「この上はさらに貴重な品を納める部屋があり、そこから私の船長室に繋《つな》がっている」

「そんな重要なところに、私なんかが入ってもいいんですか？」

階段を上《のぼ》りはじめたトラヴァースさんに、戸惑いながら続く。どんどん奥に連れていかれることにも不安になって、尻ごみしてしまう。

「きみに、ぜひ会わせたい品物があるんだ。向こうも会いたがっていてね」

会う？　まるで精霊が宿《やど》っているような、言い方だ。

「それって、どういう……」

そのとき、大きな音と共に、強い振動を感じた。そしてぐらりと船体が揺れる。

「きゃあ！」

崩れ落ちそうになった私を、トラヴァースさんが支えてくれる。

予想外の事態らしく、仕切りの外が騒然としている。

それと同時に、汽笛のようなものが船内に鳴り響いた。一定のリズムで鳴らされたそれは、何かの合図だったらしく、ラヴァースさんが舌打ちする。

「嵐が好きな海賊だ。護衛班に貨物室への入り口を守らせるように伝えろ」

トラヴァースさんがそう指示を出すと、一斉に人が動き出した。

彼の手を煩《わずら》わせている場合ではない。私は彼の手を離し、自分の足でしっかりと立つ。

「海賊はよほどこの船に未練があるようだ。アオイもここにいては危ない。入り口を閉めるからいったん上の階へ上がりなさい。そこはこの船で最も安全な宝物庫だ」

「わかりました、そこで私にできることをします。だからトラヴァースさんは行ってください。私なら大丈夫ですから」

見回すと骨董品保護に必要な道具は揃っていた。それらを使って、何があっても大事な品を守り抜こう。橘の捜索も大事だが、今はそっちが優先だ。

宝物庫は階段を上がった先の、黒い扉の向こうだという。

一方、トラヴァースさんたちはその脇の階段をさらに上《のぼ》り、操舵室《そうだしつ》に向かう。

「助かるよアオイ。せめて嵐がやんでくれればと思うが……。まあ、アンレジッド兵が苦戦することはないだろう」

そう言って、トラヴァースさんは操舵室《そうだしつ》に入っていった。

一人きりになった小さな仕切りの船室に、かすかに聞こえる砲弾の音。最初のような振動はないものの、またいつ起こるともしれない。私は急いで道具をかき集めた。

船室に積んであった梱包《こんぽう》用の紙や布の束、紐、ナイフ。それらを入るだけ鞄《かばん》に詰めこんで、残りは両手に抱えて階段を上がる。

重い扉を押し開けると――そこには信じられない光景が広がっていた。

「た、橘？」

橘が床に這《は》いつくばるようにして倒れこんでいたのだ。しかもいつもの小さな姿ではなく成人男性の姿。

私の声に反応して、橘はゆっくりと私の方を向く。

「どうしたの、橘？」

その表情には憤怒《ふんぬ》が浮かんでいる。いつもの好奇心旺盛《おうせい》な橘とは、かけ離れた姿だ。

背筋にゾクリと寒気が走る。

近づこうとしても足がすくみ、それ以上は前に出られない。

すると橘は低い唸《うな》り声を発し、四《よ》つん這《ば》いになりながらもがいている。しかしその動きはかなり不自由で、ろくに動けていない。

よく見たら、彼の手足には鎖のようなものが巻きついている。

「な、何それ」

――封じられている。

とっさにそう思った。封じられたから、彼の気配が消えたのだ。

城にあった封印の紋章でさえ橘を閉じこめることはできなかったのに……

「待って、橘。すぐに助けるから」

私は彼の手足に巻きつく鎖を外そうと、駆け寄って手を伸ばす。

そのとき、再び船体が傾き、周囲に積まれていた荷物が崩れ落ちてきた。

私は考えるより早く、橘に覆《おお》いかぶさる。橘と重なった瞬間、彼の抱《いだ》く怒気と、悲しみを感じたような気がした。

私の背中の上にいくらか荷物が落ちてきたあと、揺れによって私は壁まで転がり、背中を打った。

「くっ……い、たい」

痛みを堪《こら》えながら、橘を見る。彼は痛みを感じている様子はなく、ハッとする。そうだ、考えてみたら、橘は精霊だった。

先に荷を固定しておけばよかったと後悔する。

鞄《かばん》に手を伸ばし、どこから手をつけようかと考えはじめたところ――ふと異変に気づいた。

「あれ……？　船が、動いてる？」

荒波のせいで揺れたのだと思っていたが、船体がギギギと軋《きし》むような音を立て、先ほどよりもゆっくりと揺れている。これは本当に、波のせいだろうか。

不安になって、すぐそばの扉を開けようと手を伸ばす。だけど動かない。

ドアノブが何かの抵抗を受け、回らないのだ。虚《むな》しくガチャガチャという音だけが響く。

「うそ、鍵なんてかけてないのに」

驚きのあまり固まる私の頭上で、物音が響いた。

上を向くと、天井に小さな丸い窓のようなものがぱかりと開く。そこからトラヴァースさんが顔を出した。

「トラヴァースさん、どうして」

「悪いが、急に出港することになった。外が大人しくなるまで、そこにいてもらうぞ、アオイ」

「出港？　な……なん、で？」

声を詰まらせる私に反し、トラヴァースさんはいたって冷静な表情で続けた。

「このまま外洋に出て、目的地のボルテロアに向かう。うるさいコバエを追い払うには、恰好《かっこう》の嵐。利用させてもらうことにした」

ボルテロア？　それって、隣国のことだよね？

「ちょっと待って。私は？　嵐が収まったら、アンレジッドに戻れますよね？」

「いいや。気に入ったから、ボルテロアへの土産《みやげ》としてお前をもらっていくことにした。『精霊の愛し子《いとご》』で異なる世界の知識を持つお前は、きっとどこの国に売っても宝として扱ってもらえるだろう。大人しくしていれば、あとで上等な船室を用意してあげるよ」

売る？　私を？

異なる世界の知識を持つって、なんでそんなこと知っているの？

どういうことかと聞き返したいのに、彼は一方的に告げると、窓を閉めてしまった。

私は慌てて彼を呼んだ。

「トラヴァースさん、開けて！　私を船から降ろして！」

扉を叩いても、ノブを揺らし続けても、びくともしない。

どうしてこんなことに……

扉を叩き続けて手が擦《す》り切れたところで、腕を抱えるようにしてうずくまる。

「助けて……」

船は相変わらず嵐を抜けていないようで、ゆらゆらと揺れている。

封じられた橘は、苦しげな表情を浮かべたまま、虚空《こくう》を睨《にら》みつけていた。その瞳にきっと私は映っていないのだろう。

私は恐ろしくなって膝を抱え、顔を伏せた。

本当にどうしてこんなことになってしまったのだろう。私も橘も、ただ さくらを探していただけなのに。

「……そうだ、さくら」

私は顔を上げて周囲を見渡す。

部屋の中央には、橘を封印するためだと思われる紋章がある。それ以外は普通の宝物庫にしか見えないけれど、橘はさくらの気配を感じると言っていた。ここに手がかりがあるかもしれない。

私は震える膝に力を入れ、立ち上がった。

まず確かめたのは、壁面に固定された白塗りの美しいチェスト。大きな戸を開けると、中は小さな引き出しがある。引き出しには、美しい宝石や装飾品が布にくるまれて入れられていた。

次に隣の棚を確かめると、黄金の壺《つぼ》が並ぶ。それらを押しのけてさらに奥を覗《のぞ》いてみる。すると、陶器の器《うつわ》が入った箱がいくつもあった。

しかしどれもさくらではない。

私は室内を見回し、ふと気になった大きな柱に近づく。その裏側には、椅子が一つ置かれていた。なんとなく不自然な気がして、椅子を動かし、床に敷かれた織物のマットを外す。するとそこには、床下収納の扉があった。その扉の全面に、以前倉庫で見たものと同じ、封印の紋章が刻まれている。

なんだか怪《あや》しい……

私は扉の持ち手を掴《つか》んで引っ張ってみたが、少しも動かない。

「もしかして、この印があるせい？」

私は木の床に描《えが》かれた印を右の拳《こぶし》で擦《こす》る。なんで描《えが》かれているのかわからないけれど、これが消えればなんとかなるのかと思ったのだ。

しかし印はまったく消えないし、扉は少しも動かない。

「もう、開いてよ！」

ヤケになって両手で扉を叩いた瞬間――

左手が触れたところから、まるで水で流すかのように紋章が消えていく。

「え⁉」

私は驚いて、左手と扉を見比べた。左手には――宿《やど》り木のブレスレットがついている。

まさか、このお祖母《ばあ》ちゃんのお守りのせい？

「……うーん、考えてもわからないことは後回し！」

そう決めて再び扉を持ち上げると、今度はゆっくり動いた。

扉の奥には小さな収納スペースがある。そこには、破損して上部が欠けた大きな壺《つぼ》が入っていた。

その下側には同じ白色の、いくつかの陶器の破片が落ちている。

白い磁器《じき》の本体に描《えが》かれているのは、木。それは色鮮《いろあざ》やかな……桜色の花びらをまとっている。

私は恐る恐る、壺《つぼ》の大きな欠片《かけら》を二つ拾い上げ、そっと合わせてみた。

すると橘の壺《つぼ》の絵と似た構図で、桜が描《えが》かれていた。

「見つけた……さくらだ。やっぱりここにいたんだよ、橘。さくらだよ」

私は慌てて、橘に駆け寄る。しかし彼は反応せず、床に這《は》いつくばっていた。

私は鞄《かばん》をぎゅっと抱きしめる。この中には生漆《きうるし》の入った瓶や金継《きんつ》ぎの道具が入っている。

届くかどうかわからないけれど、橘に語りかけた。

「待ってて。絶対に二人とも助けるから」

私がやろうとしているのは、賭《か》けだ。

幸運にもここには、金継《きんつ》ぎの道具がある。昨日、補修された青の皿が精霊を生み出したように、さくらを繋《つな》ぎ合わせることで、精霊の彼女を呼び覚ませないかと思ったのだ。

揺れる船室の中、私は道具を取り出すと、生漆《きうるし》を練る。

補修したからといって、さくらの精霊を呼び覚ませるとは限らない。失敗したら取り返しがつかないだろう。そう思うと、とてつもなく緊張する。

だけど、やるしかない。

——相変わらず横揺れは激しく続いているものの、なんとかさくらの修復作業を終えた。

運よくトラヴァースさん——いや、もうトラヴァースでいいか。彼が顔を出すことはなかったので、ホッと胸を撫《な》で下ろす。

落ちていた欠片《かけら》をすべて繋《つな》いでも、いくつか欠けた部分はある。だけど、なんとか元の形に戻せた。

私は橘に似た大壺《おおつぼ》に語りかける。

「さくら、お願い、起きて。橘が封じられてしまったの。あなたの力を貸して」

すると——壺《つぼ》の姿に重なるようにして、淡《あわ》い桜色をした髪の少女が浮かび上がってきた。

うずくまっていた彼女は、ふと顔を上げると呆然とあたりを見回す。

「さくら！」

もう一度呼ぶと、さくらがこちらを向いた。

肌は白く、橘と同様に整った顔だ。ただ、本体に欠けがあるせいか、顔の片側に穴があいていて、欠けているように見える。

いくらか幼さが残る少女の姿をしたさくらは、目を見開いた。そして筋《すじ》の入った己《おのれ》の手で、美しい顔に穴があいた半分を覆《おお》う。

彼女の片方だけの目に、炎のような光が灯《とも》った。

『あんた、誰？』

さくらは強い語気で私に問いかけてくる。

「私は、斎藤蒼衣。橘と共にこの世界に渡ってきた日本人よ」

『橘？』

その名を聞かされ、さくらは慌てたように立ち上がった。

赤いマントをまとった美しい彼女の立ち姿に、私は一瞬、目を奪われてしまう。

さくらはあたりを見回して、床に這《は》いつくばる橘を見つけると、声を荒らげた。

『なんでここに兄さんがいるの、冗談じゃないわよ！』

え？　橘の落ち着いた雰囲気とは違い、ずいぶんと今どきな口調だ。私は驚いて目を丸くする。

イライラとした様子のさくらが、私を見下ろしてもう一度言った。

『説明して、ここどこよ。それに兄さん、ついに危ない趣味に目覚めたの？』

「いや……あれは、趣味じゃない……と思う。よくわからないけど」

私は驚きのあまりしどろもどろになりつつも、これまでのことをかいつまんで説明した。

橘がさくらを探してこの世界に来たこと、それに私も巻きこまれたこと。さくらと橘の力が合わされば、私を元の世界に帰してくれると約束してもらったこと。それから……トラヴァースの商船に囚《とら》われてしまったことを。

しばらく黙って聞いていたさくらは、トラヴァースの名に反応する。

『ローランド・トラヴァースは曲者《くせもの》よ。私を傷つけて封印したのはあいつだもの。いいわ、わかった。気は進まないけど、橘の封印を解きましょう』

「できるの？」

私が詰め寄ると、桜はきょとんとして言った。

『あなたが解くのよ、それで。何かよくわからないけれど、魔女の力がこめられているでしょ。さっきだって、それで私の封印を解いてくれたじゃない』

「え？」

さくらが指さしたのは、私のブレスレットだった。

度重なるトラブルで、いつのまにか傷だらけになっていた銀細工の宿《やど》り木。お祖母《ばあ》ちゃん特製のお守りに、そんな力があったなんて驚きだ。

『早くしないと、トラヴァースに気づかれるよ』

そう急《せ》かされて、私はさくらの指示通り、ブレスレットをはめた左手を橘に近づける。

全力でお祖母《ばあ》ちゃんに感謝しながら、橘を拘束する鎖にブレスレットを触れさせた。

すると、橘の腕をぐるぐる巻きにしていた鎖が、ボロボロと崩れていく。粉々に崩れた鎖は跡形もなく消え、床にあった印ともども、見えなくなってしまった。

『うう……』

橘は今までより弱い呻《うめ》き声を漏《も》らす。

「橘、私よ。大丈夫？」

問いかけると、橘は私の声に反応して顔を上げる。

『……ああ、大丈夫……』

正気に戻ったのか、橘はそう呟《つぶや》き——目を見開く。その視線は私の後ろに釘付《くぎづ》けだ。

『さくら……さくら！』

次の瞬間、橘は立ち上がってこちらに飛びかかってきた。

「きゃ！」

私は思わず身構えて目を瞑《つぶ》る。

すると、橘の気配がするりと私を透過していった。歓喜、思慕《しぼ》、寂しさ、怒《いか》り——そんなごちゃまぜの感情が伝わってくる。

『さくら、会いたかった、さくら！』

『ちょっと、離せ！　馬鹿！　だから嫌だったんだ』

振り向くと、橘はさくらを潰しそうな勢いで抱きしめていた。

彼の肩越しに、眉間にシワを寄せたさくらの顔が見える。彼女の手は、橘の肩と背を叩いて抵抗している。

「感動の再会ね」

『どこがよ！　再会なんてしたくなかったのに！　蒼衣、こいつひっぺがしてよ！』

『さくら、なぜ私を拒む？　それにその傷はいったいどうしたんだ！』

『うるさいわね、ちょっと怪我しただけよ。それより離して！　だいたいこんなところまで追いかけてこないでよ』

『どういうことだ。兄と離れて、寂しさのあまりおかしくなったのか？』

『ああもう、人の話を聞いてよ。私は――』

そのとき、さくらの言葉を遮《さえぎ》るように、再び船が大きく揺れた。その拍子にさくらは兄から逃げだし、私の後ろに隠れる。

私は状況を思い出し、声を上げた。

「そうだった！　喧嘩をしている場合じゃないのよ」

『蒼衣、いたのか』

橘が今気づいたかのようなことを言う。さくらしか見えなくなっていたのだろう。

「元からいたわよ！　それより橘、大変なのよ。トラヴァースが勝手にアンレジッドから出港しちゃったの、どうしよう！」

経緯を説明すると、橘はじっと船尾の方向を睨《にら》む。そして何かを察したらしい。

『なんと……本当に離れていく』

「そうか、橘の本体は店に置いたままだものね。距離がわかるんだ」

『だいたいだがな。このまま離れれば、いずれここにいられなくなるかもしれない』

「じゃあ、橘は港に戻れる？　戻って、エドウィン王子に状況を伝えて」

『蒼衣とさくらを置いては行けない』

『いいえ、兄さんは蒼衣の言う通りにして』

橘に反論したのはさくらだった。彼女は難しい表情で付け加える。

『この船を狙っている海賊は味方よ。争《あらそ》わないでと、エドウィン王子に伝えて』

『どういうことだ、さくら？　お前はいったいどこで何をしていたんだ？』

『トラヴァースの後ろにはボルテロア王国がいるの。この船は領地経営を任されて、小さな国から絞《しぼ》り取れるだけ作物や資源を奪っている。私はそれをこの目で見たわ。このままじゃいけないって領地で反乱を起こした元王族と偶然知り合い、ティナが支援しているの。放ってはおけないって』

「……ティナ？」

その名に反応したのは私だった。するとさくらはちょっと嬉しそうにする。

『ティナを知ってるの？　彼女は私のパートナーよ。アンレジッド王国の王太后をしていたわ』

さくらの話し方は、まるでティナ大伯母《おおおば》様がまだ生きているかのようで、私は戸惑う。

「あの……ティナは私の大伯母《おおおば》様なの。私はティナの妹ジュリアの孫」

『あなたが、ジュリアの孫？』

さくらもさすがに驚いた様子。

「でも、ティナ大伯母《おおおば》様は亡くなったって聞いたんだけど」

それを聞いてティナが笑う。

『ああ、忘れてたわ。そういうことになっていたわね。でもティナは生きてるわよ』

驚きのあまり、叫び声すら出なかった。

エドウィン王子がうそをついたってこと？　でもそんな風には見えなかった。

さくらは私にかまわず、兄の背を押す。

『反乱には他の国の協力も取りつけてあるわ。もちろん、ティナの企《たくら》みでね。トラヴァースを追っている船は、ボルテロアの力を削《そ》ぐために動いているの。「アンレジッドはまさか、覇権主義のボルテロアに与《くみ》しないわよね」――と伝えるといいわ。早く行って、兄さん。トラヴァースは『愛《いと》し子《ご》』なの。すぐに私たちの封印が解かれたことに気づくわ』

さくらは兄を押し出す。

『……蒼衣、さくらを頼む』

「わかってる。待っているから、絶対に助けに来て」

橘はしっかりと頷《うなず》くと、船の壁を通り抜けていく。

その直後、船室の重い扉が勢いよく開いて、壁にぶつかった。

「なぜその精霊が自由にしているんだ、いったい何をした、お前！」

そう叫んで飛びこんできたのは、恐ろしい形相のトラヴァース。

私はとっさに、まだ漆《うるし》が乾いていないさくらの本体をかばう。考えるよりも先に体が動いていた。

「壊さないで！」

「聞かれたことに答えろ」

トラヴァースの後ろからぞろぞろと銃を持った男たちが現れ、私を取り囲んだ。トラヴァースの私兵なのだろう。そのうちの一人が、さくらの本体に銃口を押しつける。

「私は金継《きんつ》ぎをしただけよ。これは価値があるものなの。直せるのに放っておくなんてできないわ、私は骨董商だもの」

トラヴァースはちらりと後ろに視線を送り、床に転がる道具を見て舌打ちをする。

「たかが破片を繋《つな》いだくらいで、また精霊を呼び覚ますとは……さすが異世界の女だ。忌々《いまいま》しい魔女め」

また……？　首をかしげて、思い出す。城で馬の精霊が目覚めたところを、彼は見ていたのか。

さくらが言ったことは本当だったんだ。

「あなたも、『精霊の愛《いと》し子《ご》』だったのね」

「ああ、だからこそ商会をここまで成功させることができた。精霊付きの品は少々手を加えてやれば、飛ぶように売れるからな」

「手を加える――？　それってもしかして、さくらを封じたのと同じようなことをしたんじゃ……」

「――おい、さっさと壺《つぼ》を奪い取れ」

トラヴァースがそう言うと、兵たちの腕が一斉に私に伸びてくる。抵抗しようにも圧倒的な力の差で、簡単にさくらの壺《つぼ》を奪われてしまった。

「やめて、乱暴に扱わないで！」

「壊されたくなければ、質問に答えろ。もう一匹をどうやって逃がした？」

トラヴァースは忌々《いまいま》しそうに、橘が封印されていた空間を見る。

「触れたら勝手に封印が解けたのよ、私は知らない」

「……触れただけ？」

信じていないようで、私と精霊のさくらを見比べる。

「あの封印はあなたがやったのね」

「ちょろちょろとうるさかったから、縛りつけたんだ。まあいい、しつこく船にまとわりついていた嵐が去った。これからボルテロア王国を目指す。五日もあればアンレジッドの管理する海域を出て、迎えと合流できる。もうお前たちには何もできない、残念だったな」

『誰が大人しくするもんですか』

叫ぶさくらを、トラヴァースは一瞥《いちべつ》する。

「形を取り戻したお前を再び封印することは、難しいか……」

『当たり前よ、私を誰だと思ってるの』

さくらはトラヴァースに向かって、イーッと歯を見せた。どうやら二人の会話は通じているらしく、驚く。

「相変わらずこざかしい。魔女との取引に使ったら、粉々にしてやるから覚えておけ」

魔女って……こっちの世界にもいるの？

私が疑問を抱《いだ》いているうちに、トラヴァースはくるりと背を向けて部屋を出た。

それから私と精霊のさくらは、彼の部下に別の船室へ連れて行かれた。

小さな個室ではあったけれど、備え付けのベッドと顔を出せるかどうかくらいの大きさの窓があった。見渡す限り海と空しか見えない景色に、私はため息をつく。

部屋の外には、見張りの兵がつけられた。これはいわゆる監禁というやつだ。

せめてもの救いは、精霊姿のさくらといられること。彼女を再び封印する手立てがないというのは、真実のようだ。

とはいえ、二人で何か強硬手段を取れる訳ではなく、結局さくらの本体を人質にしているトラヴァースの方が優位な状況である。

今ここで慌てても仕方がない。まず状況を確認することにした。

「さくらは、トラヴァースと知り合いなの？」

『ティナはこの世界でもとても珍しく、魔法を使えるの。あいつはティナに近づいてきて、ティナに魔法を教わったのよ。いわゆる弟子ってやつね。それなのにティナを裏切ったの。精霊を思うように操って、お金儲《もう》けをはじめた。それどころか、ボルテロア王国に取り入って、不正に領地を広げるための悪事に加担して……。そのことに気がついたティナが、たしなめに行ったの。そしたらあいつ、私の本体に手を出して……』

大伯母《おおおば》様はトラヴァースと因縁の間柄のようだ。

キリキリと唇を噛《か》むさくらに、私は気になっていたことを言う。

「ところでさくらはこっちの人たちと会話できるんだね」

『ティナと出会った三年前、言葉を交わせる魔法をかけてもらったの。だから私は、どこの国の人とも精霊とも話せるようになった』

「ティナ大伯母様《おおおばさま》が」

『それだけじゃないわ、ティナについて旅をして、たくさん勉強したわ。ティナはなんでも知ってる』

苦労しただろうに、大伯母様《おおおばさま》は想像以上にアグレッシブな人だったようだ。さくらが言うには、大伯母様《おおおばさま》は自分が死んだことにして世界旅行に出ると、訪れる先々で人脈を作ったらしい。

「すごいね……私にはとても真似できないよ。今だって、ただ助けを待つことしかできない」

そんな呟《つぶや》きに、さくらが驚いたような顔を向けてきた。

『そんなことない。蒼衣がいなきゃ私は目覚められなかったし、橘なんて無様に縛られたままだったじゃないの』

「だってそれは、お祖母《ばあ》ちゃんのブレスレットのおかげでしょ」

持ち上げて見せたブレスレット。たくさん助けられて、使うたびにくすんでいく気がする。これには、お祖母《ばあ》ちゃんの不思議な力がこめられていたに違いない。

お祖母《ばあ》ちゃんには、どんなに感謝してもしきれない。

『……蒼衣にも、ティナに負けない力があるのに』

「力？　私に？」

さくらの薄紅色の唇が、孤を描《えが》く。そして自信たっぷりに言った。

『ある。蒼衣にしかできないことが』

にわかには信じられないけれど、どんな偶然でも、些細な力でも欲しい。私はさくらの策に乗ることにしたのだった。

――それから私は、囚《とら》われた船室の中で、この船に積まれたたくさんの骨董品の精霊たちと話をした。さくらが力を使い、船室まで精霊たちを連れてきてくれたのだ。

その精霊たちは、みんな強引な方法で持ち主から奪われたらしい。

さくらが最初に連れてきたのは、金継《きんつ》ぎを施《ほどこ》した皿に宿《やど》った青い仔馬。

『この子は、すごく貴重でとても愛されていたわ、今は失われてしまったペネディクト王家の宝だったの』

「そう。すごく大事にされていたから、すぐに目覚めたのね」

手に顔をすり寄せてくる仔馬は、まだ喋《しゃべ》れないようだった。

でも私の顔をじっと見て、何か言いたげにしている。

『蒼衣は、ティナと同じ血を引いていて、魔女の素質が高いの。だからこの子は目覚めたのよ。こうして触れ合って縁《えにし》を結べば、精霊たちが力を得られる。その子はそう言いたいのね』

さくらはそう通訳してくれた。

茶坊主に言われたことを思い出す。私が見出して、具現化させるって言っていた気がする。それが魔女の力？

「私が、本当に？」

『嫌？　ティナやジュリアと同じ魔女は』

がう。

私を覗《のぞ》きこむさくらは、なんだか不安そうだ。そして仔馬も、私の指を鼻でつついて様子をうかがう。

もちろん、私の答えは決まってる。

「ううん、嬉しい。お祖母《ばあ》ちゃんは、私の憧れだもの」

するとさくらは明るい笑顔を見せてくれた。

『よかった、ティナがきっと喜ぶ。私はティナが大好きなの。だからこの世界に来られて、ティナと旅ができてとても嬉しい！　でも、兄さんまで来ちゃうなんて……。はぁ、もう少し独り立ちしてくれないかしら』

橘の報《むく》われない想いに、私はなんだか複雑な心境で苦笑を漏《も》らすのだった。

それから私が交流したのは、香炉《こうろ》の精、妖艶《ようえん》な石像の女人、そして小さなビーズたちの精霊までと様々。彼らは私の店の精霊たちとあまり変わらない。無邪気で、好奇心旺盛《おうせい》で、ユーモアがある。

けれどみんな、自分たちの行く末を案じていた。

私は彼らを励まして、縁《えにし》を結んでいく。そして、私たちがここにいるとエドウィン王子や橘に知らせるため、行動を起こしたのだった。

――船が出発した次の日の晩。小島に停泊している間に、精霊たちの力を合わせて、仔馬の本体を手に入れた。

まず香炉《こうろ》の精が本体を焚《た》き、私の部屋の前にいる見張りを眠らせた。

仔馬の皿がある宝物庫は鍵がかかっていたのだけど、小さなビーズの精霊たちが頑丈な扉の鍵を開けてくれる。鍵穴に入って、解錠してくれたのだ。

あちこちで精霊たちが騒いで物を倒したり連絡ベルを鳴らしたりしてくれたから、ちょっとした騒動になって時間をかせげた。

おかげで人に見つからず、器《うつわ》の入った箱を抱えて私の部屋に戻る。かかった時間は三十分ほどだった。

「あぁ……ドキドキしたぁ」

『まだ終わってないよ、蒼衣』

さくらに促《うなが》され、私は作戦を続ける。木箱の中には青い皿が十数枚入っている。一枚取り出すと、破いたベッドシーツにくるみ、小さな丸い窓からそっと海に投げた。

窓から海面はそう高くない。すぐに小さな水音がした。

「大丈夫？　割れてない？」

私の部屋にいる仔馬の精霊にそう聞くと、前脚を動かして大丈夫と返事をしてくれた。

それから島に寄るたびに、私と縁《えにし》を結んだ仔馬の精霊が宿《やど》る皿を、浅い海に投げ入れていく。橘と王子は精霊の気配に敏感だから、きっと気がついてくれるだろう。

アンレジッド周辺の海は、小さな島が点在している。どこを通ってどの方角へ向かったのか、目印を残すためだった。

「見つけてくれるかな、王子と橘」

私がそう呟《つぶや》くと、さくらは力強く頷《うなず》く。

『エドウィン王子のことはティナから聞いてるわ。すごく優秀だって自慢してた。それに兄さんも神力だけは立派だから、大丈夫。蒼衣の気配を辿《たど》って追いついてくれるはずだよ』

「神力だけはって……相変わらず橘には手厳しいね」

『心配性も妹への愛も、過ぎればただの変態よ』

取りつく島もない。いったい橘は今まで何をしてきたのかと、苦笑するしかない。

その翌日、何かを怪《あや》しんでいるのかトラヴァースが私の部屋を訪れた。余計なことをしていないだろうなと詮索されたけど、のらりくらりとやりすごすと、彼は帰っていく。

私を利用価値のある『愛し子《いとご》』として連れ帰りたいからか、手ひどい扱いは受けなかった。

一日のうち、二度ある休憩ごとに、皿の数は減っていく。航海は憎《にく》らしいほど順調だった。


そして、出港から五日。青い仔馬は、もうほとんど姿を現すことができなくなっている。本体である皿が散り散りになっているのだから、仕方がない。無事にエドウィン王子に見つけてもらえたか、心配だ。

早朝にそんなことを考えていると、船がいきなり大きな音を立てて振動した。

サイレンが船内に響き渡る中、私とさくらは先を争《あらそ》うようにして、窓から外を見る。

帆船《はんせん》のデッキから黒い煙が上がっていくのが見えた。

だけど位置が悪くて、何が起こったのはわからない。

『ちょっと見てくる』

さくらはそう言い、部屋を出ていこうとする。私は心細くて引き止めた。

「ま、待ってよ、置いてくの？」

『すぐそこまでよ。ティナが来ているかもしれないから、様子を見てくるだけ。私がいればティナは大きな魔法を使えるの』

え、そうなの？

驚いていると、先ほどとは反対側から再び轟音《ごうおん》が聞こえ、船が振動した。

「わわっ」

尻餅をついた拍子に、さくらが窓から飛び出してしまう。

残された私はどうしたらいいのよ。なかばヤケになりながら、鞄《かばん》に荷物を詰めはじめた。

じっとしていて逃げ遅れたら笑えない。

「さあ、あなたも一緒に行くよ」

ベッド下に隠してあった仔馬が宿《やど》る皿が入った箱を取り出す。箱を開けると、もう残り三枚しかない。それらをシーツの切れ端で厳重に包み、鞄《かばん》に詰めた。

準備を終えて部屋の扉を叩くと、廊下には相変わらず見張りが立っているらしく、「なんだ」と返事が聞こえる。

「ねえ、すごい音がしたでしょう！　怖いの、扉を開けて！」

訴《うった》えていたが、見張りは駄目の一点張りだ。

そうこうしているうちに、窓からさくらが戻ってくる。

『蒼衣、すごいことになってるよ！』

さくらが興奮気味に話すのは、このトラヴァースの帆船《はんせん》を囲む緊迫した状況だった。

船が停留していた島の周囲に、二つの船団が迫っているというのだ。

東の方角から来たのは、南方諸島連合——領地をボルテロア王国に奪われまいとする小国たち。

さくらは、ティナ大伯母《おおおば》様がその船団の中にいるはずだという。

そして反対の西から迫るのは、深紅に三重ダイヤの紋の旗を掲《かか》げた、アンレジッドの軍船。

『先陣を切ったアンレジッドの汽船が一艘《いっそう》、この船に体当たりをしているところよ』

「じゃあ、私たち……」

『助かるのよ！』

ああ。すぐそこまで、エドウィン王子が来てくれている。

思わずさくらと抱き合おうとしたのだけれど、彼女を通り抜けて窓に激突してしまう。そうだった、彼女は実体がないんだった。

さくらは呆れたように私を見る。

『ちょっと、こんなときに冗談はやめてよ、蒼衣』

「……いたた、でも安心していられないよ。さくらの本体はトラヴァースの手にあるんだから。混乱に乗じて、奪い返しに行かなきゃ」

さすがにこの巨大帆船《はんせん》も、二つの船団を強行突破するなんて無理だろう。やけになってさくらをどうにかされたら困る。

「ちょっと無理してでも、操舵室《そうだしつ》に向かおう」

『あ、ちょっと蒼衣？』

やる気になった私は部屋の椅子を持ち上げ、扉に叩きつけようとかまえを取る。

すると、部屋の外で激しい物音が聞こえ——扉をすり抜けて、何かが飛びこんできた。

「ぎゃあ！」

驚いた私は、かまえていた椅子を投げ出してしまう。椅子は部屋に入ってきた何かをすり抜け、開きかけた扉に命中する。

ドカッという音と共に、「うわ！」という叫び声が聞こえた。

その直後、背後で騒がしいやりとりが繰り広げられる。

『さくら、無事でよかった！』

『ぎゃっ！　やめてこのシスコン馬鹿兄！』

騒いでいるのは精霊兄妹《きょうだい》。

あぁ、さっきのは橘だったのか。

そう思いながら扉の方を見ると、ムスッとした表情のエドウィン王子が、汗で額《ひたい》にはりついた黒髪をかき上げていた。

「助けに来たのに、これはないだろう！　だがまあ、元気そうで安心し……アオイ？」

ずっと待っていた彼が現れて、私はへなへなと腰を抜かしてしまう。エドウィン王子は慌てた様子で駆け寄ると、私を支えてくれた。今度は少しだけ眉を下げて、優しい声をかけてくれる。

「すまない、遅くなって。アオイの置いてくれた目印が、役に立った」

「……本当に？」

「ああ、この海域は小島が多くて海路が複雑なんだ。目印がなければ予測しきれず間に合わなかったかもしれない」

「そうだよ、お手柄だよ。もし間に合わなかったら、僕らはシャイア嬢に一生口をきいてもらえなくなるところだった」

廊下から顔を出したのは、クレメンスさん。戦闘が激しかったのか、顔に擦《す》り傷を作っているが、相変わらずの笑顔だ。

「ふふ……」

「立てるか、急がないと少々まずいことになる」

安心して気が抜けた私とは対照的に、厳しい表情に戻るエドウィン王子。

「ここから南東、一キロほど先からはアンレジッドの力が及ばない公海だ。そこに今、ボルテロア軍の船が三隻《さんせき》、待ち構えている」

『あいつらの大砲がこちらに向いているのね？』

さくらの問いに、エドウィン王子は頷《うなず》き、苛立《いらだ》たしげに言う。

「このままではトラヴァースに逃げられる」

「だ、だめよ！　さくらの本体が人質に取られてるの……あ、ちょっと橘！」

私の言葉に誰よりも早く反応したのは、橘だった。滑《すべ》るようにして私たちの間をすり抜け、部屋を飛び出していく。

それにさくらが続き、エドウィン王子と私、クレメンスさんが追いかける。

部屋の外に転がるトラヴァースの私兵たちを飛び越え、細い階段をひたすら上がった。

辿《たど》り着いたのは、操舵室《そうだしつ》。その奥には船長室が続いているはずだ。

そこではアンレジッドの警備兵が、トラヴァース船の乗組員を取り押さえている。けれど、肝心のトラヴァースの姿がない。

エドウィン王子はアンレジッド兵に、トラヴァースを見なかったかと問う。

一方の私は、姿を見失ったさくらと橘を探すが、見当たらない。

窓の外を見ると、操舵室《そうだしつ》の下の甲板《かんぱん》を橘がまっすぐ横切った。その先には、小型の救命ボートのような汽船を、船から下ろそうとしている数人の影がある。

「ねえエドウィン王子、あれは？」

王子は振り返り、窓の外を見ると窓を開けて身を乗り出した。

「アオイ、お前はここにいろ」

そう言って、はるか階下の甲板《かんぱん》に飛び降りるエドウィン王子。

「え？　うそ！」

驚いている私の横から、クレメンスさんたちもあとに続く。

待ってよ、私も——と思ったが、当然ながら彼らのように飛び降りるなんてできない。正規のルートである操舵室《そうだしつ》の入り口に向かおうとしたが、目の前に仔馬の精霊が立ちはだかっていた。

「何、どうし……きゃあ！」

実体のない精霊なのに、そうとは思えないほどの力で体を押される。

私はそのまま、仔馬の精霊と共に、窓を越えて階下に落ちた。

「いやあああ！」

死《し》に物狂《ものぐる》いで、仔馬の精霊にしがみつく私。

このまま落ちて、甲板《かんぱん》に叩きつけられる――

そう覚悟したところで、全身を風が包んだかのような浮遊感に襲われる。そして一瞬ののちに、
私の足は、しっかりと甲板《かんぱん》の床を踏みしめていた。

「……うそ、私、今、飛んだ？」

目の前には青い仔馬がいて、私をじっと見上げている。

「これ、あなたの力？」

仔馬はぶるると鼻を鳴らし、まるでそうだと答えたかのようだ。

とんでもない精霊の力を目の当《まあ》たりにしてしまい、私の鼓動が高なった。

けれど、今はそれどころではない。

よろつきながらも甲板《かんぱん》の端に辿り着くと、そこでは王子がさくらの壺《つぼ》を抱えたトラヴァースが追い詰めていた。

「観念して投降しろ、トラヴァース」

エドウィン王子が呼びかけるが、トラヴァースは応じずさくらを抱えたままだ。

追い詰めたけれど、トラヴァースはすでに小型の汽船に足をかけている。エンジン音を鳴らし、逃げる準備が整っていた。

そのとき、遠くから風切り音が聞こえる。次の瞬間、爆音と共に衝撃を受け、船が大きく揺れた。

「きゃあ！　こ、今度は何？」

煙が船の下部から上がり、砲弾が当たったことを悟《さと》る。

衝撃で船底に穴でもあいたのか、船にゆっくりと傾きはじめた。みんなの気が反《そ》れたその一瞬をつき、トラヴァースがさくらを放り投げた。

『さくら！』

橘が叫ぶ。トラヴァースさんの手からさくらが離れ、放物線を描《えが》いて甲板《かんぱん》に落ちてゆく。

——割れる。

私は思わず目をつぶった。

けれど、しばらく待っても陶器が割れる音が聞こえない。

ゆっくり目を開けると、エドウィン王子が壺《つぼ》を受け止めていた。

「よ、よかったぁ……！」

私は歓喜の声を上げる。

しかしその混乱に乗じて、脱出用の船を繋《つな》いでいたロープが断ち切られた。

「待て、トラヴァース！」

海に落ちた汽船は、すぐに蒸気を吹き上げながら、加速する。トラヴァースはしたり顔でこちらを見ていた。

その間にももう一発、砲弾がこちらに向かってきた。運よく外れて海に落ちたものの、私は恐怖ですくみ上がる。

「ボルテロアが介入しているのか、くそっ」

海上を睨《にら》むエドウィン王子。私たちの船を囲むアンレジッドの船と、その周囲に停泊しボルテロアの船を睨《にら》むようにしている南方連合の船団。まさに緊張状態。

まさか、国同士の争《あらそ》いに発展するなんてこと、ないよね？

不安に駆られていると、王子は大きなため息をつき、海に背を向けた。

「トラヴァースは逃がしたが、目的は達した。帆船《はんせん》の碇《いかり》を下ろして、戦闘の意志がないことを向こうに伝えろ」

エドウィン王子は、クレメンスさんにそう指示する。

それからすぐに、帆船《はんせん》の甲板《かんぱん》から花火が打ち上げられた。

結局、アンレジッドとボルテロアは交渉の末、戦闘に発展せずに済んだ。

アンレジッド軍が商船を攻撃したのは、私を誘拐《ゆうかい》したから。投降を促《うなが》しても従わず、商船側が抵抗したため制圧したという事実が確認された。領海内でおこなわれた行為の迷惑料として、さくらを含む半分の荷をアンレジッドがもらい受けることになった。

そのかわり、ローランド・トラヴァースの身柄はボルテロアに一任するということで、合意したらしい。

それから積み荷の引き渡し準備をするというので、私たちは小島に上陸することになった。

桟橋《さんばし》に下りるためタラップを歩いていると、先に停留していた南方諸国連合の船が目に入る。

彼らが同行してくれたため、ボルテロアはアンレジッド軍相手に強く出られなかったのだという。

感謝しながら見ていると、私の隣にいたさくらが桟橋《さんばし》に向かって飛んでいった。

『ティナ！』

そこにいたのは、いつか見た肖像画の面影《おもかげ》が残る老婦人。

彼女は私に気づき、さくらと共にこちらに歩いてきた。

「はじめまして、アオイというのだそうね。エドウィンから聞いたわ。……最後に会った頃のジュリアに、本当によく似ているわ」

「ティナ大伯母様《おおおおば》」

にこやかに微笑み、大伯母様《おおおおば》は両手を広げる。

「こんなに幸せな気分になったのは、何年ぶりかしら。会えて嬉しいわ」

「私もです。会えて嬉しい……生きていてくれて嬉しいです、ティナ大伯母様《おおおおば》」

私はその温かい腕に包まれて、ようやく今回の事件が終わったのだと安堵《あんど》した。

「もう大丈夫。怖い目にあわせたわね」

ふふといたずらっぽく笑う仕草が、言葉が――そのままイギリスにいる祖母と重なった。

双子とはいえ見た目は違う。それに、五十年近く会っていないはずの姉妹だ。それなのに、こんなに似ているものなのかと驚く。

自然とあふれた涙を拭《ぬぐ》うと、その手をティナ大伯母様《おおおおば》が包んだ。

「ジュリアは相変わらず、護符作りの天才だわ。幾度となくあなたを救ったようね」

大伯母様《おおおおば》が言っているのは宿《やど》り木のブレスレットのことだと、すぐにわかった。

「そういえば、お祖母《ばあ》ちゃんとの別れ際に、直してもらったの、金具が弱っているからって」

「そう……きっと予感がしていたのよ、これが必要になるって。だから強い守りが働いていたのね」

「でももう、すっかりくすんでしまって」

ティナ大伯母様《おおおおば》は、そっと首を横に振る。

「大丈夫、また心をこめてもらえばいいわ。ジュリアなら簡単よ」

「本当に？　私、元の世界に帰れる？」

「もちろんよ！　私は魔女よ、保証するわ」

大伯母様《おおおおば》はウインクする。

彼女に会えただけでなく、帰れると言ってもらえて、私の胸は感動でいっぱいになった。

それなのに……

『もう、やめてってば！』

『さくら、三年越しの感動の再会なのだ、抱きしめるくらいよいだろう！』

『感動してない！』

精霊の癖《くせ》に人間くさい兄妹《きょうだい》が、また騒いでいる。

私とティナ大伯母《おおおば》様は苦笑いとため息を漏《も》らした。

「一から、説明が必要ね。せっかくだから、お茶にしましょうか。アンレジッドの紅茶は格別でしょう？　仕入れてもらったのがあるから、いただきましょう」

何年離れていようとも、お茶を忘れることはない。さすがイギリス人だと、笑みがこぼれた。

そのとき、桟橋《さんばし》のたもとから、一人の青年が歩いてくる。

「ああ、ごめんなさい待たせてしまって。今行こうと思っていたのよ、ラト」

ティナ大伯母《おおおば》様がそう言うと、青年は私たちに向かって頭を下げた。

「彼はペネディクト王家の生き残り、ラトよ。旅の途中で出会った子でね。ボルテロアによる植民地化に抵抗している南方諸国連合が、身柄を匿《かくま》っているの、そして……あらら」

どこからか現れた青い仔馬の精霊が、彼の足元に駆けつけた。その見事な黄金のたてがみを、青年にこすりつけている。

彼は愛《いと》おしそうに馬を撫《な》でた。どうやら彼も『精霊の愛《いと》し子《ご》』らしい。

「王家の宝だった器《うつわ》を、不幸にもトラヴァースに奪われてしまいました。そのときにティナ様も一緒にいたことで、さくらまで奪われたのです。でもまさか、こうして再会できるとは思いませんでした。ありがとうございます」

私は鞄《かばん》から布にくるんだ青い器を取り出す。

「今はこの三枚だけですけど」

「いいえ。残りはすべて、エドウィン王子が回収してくださいました」

私が振り返ると、エドウィン王子は照れたように横を向く。

「どれも浅瀬にあったし、手がかりだったからな」

そうして仔馬は持ち主のもとへ帰ることができた。金継《きんつ》ぎという傷跡を残したけれど、新しく生まれ変わった黄金のたてがみをラトさんも気に入ってくれたので、一安心だ。


それから——お茶と共に、様々な種明かしの時間となった。

アンレジッドの港にやってきた、海賊だと言われていた船は、南方諸国連合に匿《かくま》われていたラトさんたちの船だったそう。トラヴァースに奪われた王家の宝を取り戻し、彼の悪事を暴いて力を削《そ》ぐべく、商船を追跡していたという。

そこで問題となったのが、船籍。ペネディクト王家は滅《ほろ》びたので、船籍を掲《かか》げられない。

そのせいで海賊と誤解されていたのを、トラヴァースたちが利用したらしい。

今回エドウィン王子は、追いかけてきたラトさんたちから、トラヴァースのおこなった略奪を聞き、協力してここまで追ってきてくれたという。

「なんにしても、アオイが無事で本当によかったわ。もちろんさくら、あなたもよ」

ティナ大伯母《おおおば》様はそう言うと、使用人に声をかけて、アンティークの箱を持ってこさせる。

箱を開けると、中にあったのは白い磁器《じき》の欠片《かけら》。

大きくあいたさくらの顔の穴。その最後のひとかけらが、ティナ大伯母《おおおば》様の手元にあったのだ。

これでさくらも元に戻ることができるだろうと、ホッとする。

ちなみに、アンレジッドのお城で見た英国式アンティーク家具はすべて、大伯母《おおおば》様の趣味だったらしい。寂しさを埋めるために、英国式のものを再現してもらったそうだ。

私は納得し、嬉しくなった。この世界に来てから、私は多くのことで大伯母《おおおば》様に助けられていた。

そして私は聞かれるままに、アンレジッドの砂浜まで流されてきたことを話す。エドウィン王子に助けられ、怖い思いをしながら翻訳《ほんやく》のピアスをつけられたこと。それから骨董品の扱いに困った王子からの依頼で、骨董品店を任されたことも。

「役に立ってよかったわ、そのピアスは私が作ったの。言葉には本当に苦労したもの。この世界でずっと私を助けてくれた大切な道具よ。さくらを得て魔法の力が強くなり、必要なくなったけれど、蒼衣の役に立ってくれたのなら、嬉しいわ。だけど……エドウィンの女性に対する扱いは、問題あるわね」

それから大伯母《おおおば》様は、世間で彼女が死亡したことになっている経緯を説明してくれた。

「さくらが流れ着いたとき、決意したの。彼女の力はすごかったわ。それに少し冒険心旺盛《おうせい》でやんちゃ。放っておけなかったから、一緒に旅に出たのよ」

「だからって、何も死んだことにしなくても……」

心底呆れた様子の、エドウィン王子。彼も祖母は死んだものだと伝えられていた、いわば被害者だった。

「世界一周が夢だったの。そんな自由、死ななきゃ得られないわ。だって私、王太后なんですもの。息子はもちろん知っていて、協力してくれたのよ。よくできた子でねえ。おかげでお友達がたくさんできたのよ」

ふふふっと笑う大伯母様《おおおば》は、とても七十歳近いとは思えないほどの無邪気さだ。

エドウィン王子もお祖母《ばあ》ちゃん子みたいなのに、なんとも不憫《ふびん》な……

私は同情し、大伯母様《おおおば》を非難する。

「エドウィン王子の言う通りですよ、私も同じ気持ちです。生きていらしたのなら、どうして元の世界に知らせてくださらなかったんですか。お祖母《ばあ》ちゃんだって、どんなに探したか……」

「ごめんなさいアオイ。さくらが来るまで、魔法が使える私でも世界を渡ることはできなかったのよ」

「そう、なの？」

「ええ、残念だけど」

ティナ大伯母様《おおおば》は、優しく、でもどこか寂しげに微笑む。

そうだ——あの日記には妹ジュリアに会いたいと、何度も何度も書かれていた。

「でも、さくらと縁《えにし》を結んでからは、帰れたんじゃないの？　それでも帰らなかったのは、なぜ？」

その問いかけに、大伯母様《おおおば》は目を伏せる。

「そうね……三年間、考えない日はなかったわ。ジュリアに会うために帰ることを」

「ならどうして今まで何もしなかったの？」

お祖母《ばあ》ちゃんにとって姉が大きな存在だったように、ティナ大伯母《おおおば》様にとっても同じだったはず。

「――怖かったの」

その答えは予想外だった。

「ジュリアが悲しんだだろうってわかるわ、姉妹ですもの。きっと私は死んだって諦めさせられたのでしょう？」

私が頷《うなず》くと、ティナ大伯母《おおおば》様はそっと目を閉じる。

「こちらの世界に来て、もうすぐ半世紀。――長かったわ。悲しみが過ぎれば、怒《いか》りに変わることだってある。今さら帰って、ジュリアが私を受け入れてくれなかったら？　もし、ジュリアがもう死んでしまっていたら？　そうなったら、立ち直れる自信がなかったの。それにこの老体が、あの嵐を越えるような負荷に耐えられるとは思えなくてね……」

彼女の抱えてきた孤独の深さを知り、私は再び大伯母《おおおば》様を抱きしめた。


あらかた荷の整理がつき、ボルテロアの船へ引き渡しが終わったのは、星がまたたく夜だった。すっかり暗くなった無人島に、松明《たいまつ》が灯《とも》る。汽船は宿泊には向かないので、私たちは夜を明かすためにトラヴァース商会の帆船《はんせん》に乗りこんだ。

あまりにも多くの出来事があったせいか、寝付けずに甲板《かんぱん》を歩いていると、寝不足王子と遭遇した。

「明朝には発《た》つ、休んでおいた方がいいぞ」

「エドウィン王子こそ。またクマがひどくなっちゃうよ」

そう答えると、彼は苦笑いした。

「エドでいい」

「え？」

手首を掴《つか》まれ、ほんの少し引き寄せられる。

「はとこだったのだろう。ならばエドでいい」

「……うん、そうだったね。わかった、今度からそう呼ぶね」

返事をしたものの、なんだか王子と呼ぶのがもう癖《くせ》になっているし……

そんなことを考える間も、手はそのまま握《にぎ》られている。

「どうしても、帰るのか」

突然の問いかけに、ドキリと心臓が跳ねた。

「も、もちろん。ティナ大伯母《おおおば》様も橘と協力したら、確実で簡単に帰せるって言ってくれたのよ。また海で溺《おぼ》れる心配はなさそうだし……。あ、でも、お店のことは申し訳ないって思ってる。せっかく引き継《つ》いだのに、結局役に立たなくて」

そうだ、まだたったの一ヵ月と少し。ずいぶん馴染《なじ》んで、もっと長くいたような気がしていたけれど……。そういえば、売れたものなんてわずかだった。

「……ごめん」

「いや、アオイの気持ちはわかった。店については、王太后がしばらく責任を持つと約束したから、後のことは心配するな」

「ティナ大伯母様《おおおばさま》が？　旅はもういいの？　って、ごめん……」

帰る私が口を挟むことじゃない気がして、そこで口をつぐんだ。王子――エドもそれは察してくれたみたいで、そっと手を繋《つな》ぎなおされる。

「バレたら戻る約束をしていたらしい、親父《おやじ》と」

ああ、それはティナ大伯母様《おおおばさま》らしい。

「戻ってきたらきたで、大騒ぎだろうけどな」

「本人は、涼しい顔をしていそうね」

「はは、間違いない」

満天の星空の下、別れの寂しさを抱えながら、私たちは笑い合った。


それから一週間後、私は元の世界に帰った。

仲良くなった精霊たちはもちろん、シャイアさんとは別れを惜《お》しみ、抱き合って号泣した。『二度と会えなくても、私たちの友情は永遠』――そう誓ってもなお、涙を止められなかった。

対《つい》の壺《つぼ》の精霊、そして精霊魔法を操る魔女に秘密のお土産《みやげ》をもらって見送られ――気づいたらイギリスにあるお祖母《ばあ》ちゃんの家の裏の森にいたのだ。

そこは昔から妖精の伝説やら、魔法使いたちの言い伝えのある古い森だから、帰しやすかったのかもしれない。

ただ一つだけ残念なのが、この世界に現れたときに足を踏み外し、小川の中で尻もちをついたこと。そりゃあ、海の中よりはマシだけど、びっくりして叫び声を上げた。おかげで、その声を聞きつけた従兄《いとこ》に発見されたのだった。

私は懐《なつ》かしいお祖母《ばあ》ちゃんの家で、両親に思い切り抱きしめられ、迎え入れられた。両親は私の捜索のために渡英していて、そろそろ諦めようかと話していたところだったらしい。

あの遭難からちょうど四十日後――私は無事に帰還した。

両親の泣き顔、祖母や従兄《いとこ》たちの喜びに崩れる姿を見て、帰ってこられたことを実感した。

私が行方《ゆくえ》不明になり、ある日ひょっこり現れた事件は、現代の神隠しとしてニュースでも取り上げられてしまった。そんなこともあり、学業に戻るには、少しばかり騒がしい。

私はいろいろと理由をつけて、学校には遅れて復帰することにした。そしてイギリスで二人っきりのときを見計らい、お祖母《ばあ》ちゃんにお土産《みやげ》を渡した。

それはティナ大伯母《おおおば》様の苦難の歴史を綴《つづ》ったノート。その最後には、お祖母《ばあ》ちゃんへのメッセージが書き加えられていた。

お祖母《ばあ》ちゃんがノートを読み終えたあと、今度は私の冒険譚《ぼうけんたん》を聞いてもらう。そして私は締めくくりにこう言った。「お祖母《ばあ》ちゃんのお守りは世界一。魔女のお墨付きよ」と。

日本に帰った私は元の生活に戻ると、あっという間《ま》に秋が過ぎ、冬が訪れた。

ようやく世間からの好奇の目を気にしなくてもよくなった、冬休みのある日。

本格的に骨董品の勉強をすることを決意した私は、勉強をかねて、父の仕事に同行することになった。いくつかの取引や、修復の手配をフランスで教わり、そのあとはイギリスに向かう。もちろん、今度は父との約束通り飛行機で。

無事にお祖母《ばあ》ちゃんと再会のハグを交わし、のんびりと家の裏の森を散策していた――はずだった。

……いえね、まさか雪で足を滑《すべ》らせた拍子に世界を越えるだなんて、誰も思わないでしょう？

顔を上げると、見覚えのあるお城。夢を見ているのかと思い、お尻に痛みを感じながらも、頬をつねってみた。やはり痛い。

「……お、お尻が……」

「尻がどうした？」

「痛いんだってば」

そう言いながら振り返ると、美しい黒髪のエドウィン王子――エドが立っていた。

「……なんで？」

呆然とする私の目の前に、今度はふわりと二つの人影が現れる。浅葱色《あさぎいろ》の装束《しょうぞく》と、赤いフードつき魔女のマントをつけた、精霊兄妹《きょうだい》だ。

『いらっしゃい、蒼衣！』

『久方ぶりだな』

わけがわからなくて、周囲を見回すと――

「成功ね。二度世界を渡らせたから、コツを掴《つか》めたわ」

にっこりと微笑むティナ大伯母《おおおば》様までいた。

「だから、なんで？」

「王太后がまた旅に出たいんだそうだ。そんな我儘《わがまま》は聞けないと言ったら、代わりの店番を呼ぶと言い出してな……。まあその、俺は一応止めたんだが」

さすがにバツの悪そうな顔をしたエドが、そう言いながら、私の手を引いて起こしてくれる。

『帰せるものは、つまり呼べるってことだ、蒼衣』

『今は休暇中なんでしょ？　冬休みが終わるまでには帰すって言ってるし、バイトだと思ってよ』

なんだか調子のいいことを言う精霊兄妹《きょうだい》。

――でもちょっと、待ってよ。

『だからといって、さくらまで王太后の旅について行く必要はないけどな』

『ああもう、またうるさいこと言うし』

――なんなの、もう。

『仕方ないだろう、あの人について行ったら、トラブルに巻きこまれるに決まってる』

『失礼ね。今度は珍しい精霊石が見つかったから、その鑑定に行くの。それだけよ、トラブルなんて起きない』

――なんだったの？　あの胸の痛み、感動の別れは。

「……アオイ？」

うかがうように声をかけてくるエドの手を振りほどき、私は叫ぶ。

「聞いてない、行き来できるなんて！　私の涙を返してよ！」

隠しきれない喜びが滲《にじ》んだその声は、不思議なことに、骨董品店にいる精霊たちの耳にまで届いたという。

ちょっと破天荒な魔女や精霊たちが、生き生きと暮らす異世界。

そこでの私の骨董品店主ライフは、どうやらまだまだ続くようだ。

待望のコミカライズ！

ある日、美大生のカズハは、マンホールの穴に落ち、なぜかそのまま異世界トリップしてしまった。大混乱の彼女を保護してくれたのは、王立辺境警備隊の隊長・アルベリック。彼からもう元の世界には帰れないと知らされたカズハは、この世界で生計を立てるべく、にがお絵屋をオープン！　しかし、描いた絵がいきなり動き始めて——!?

＊B6判 ＊定価：本体680円＋税 ＊ISBN978-4-434-23557-3

新＊感＊覚ファンタジー！

レジーナブックス Regina

毛だらけ砦をお掃除します!

偏愛侍女は黒の人狼隊長を洗いたい

あきのみどり
イラスト：藤村ゆかこ

美貌の青年貴族フロリアンに仕えるミリヤムは、天使のような主《あるじ》を偏愛している。そんな主が辺境の砦に赴任すると聞き、心配なあまり彼より先に向かってみたところ……そこはむさくるしい獣人だらけの場所だった！　毛と埃にまみれた砦を綺麗にするため、まず石けん片手に大浴場へ突入したミリヤムは、全裸の人狼を押し倒して無理やり洗ってしまうのだが――!?

詳しくは公式サイトにてご確認ください。

http://www.regina-books.com/

携帯サイトはこちらから！

新＊感＊覚　ファンタジー！

レジーナブックス Regina

レジーナブックス Regina

偽りの妻として、お勤めします。

天使と悪魔の契約結婚1～2

東《あずま》　万里央《まりお》

イラスト：八美☆わん

訳あって平民生活をしている、元子爵令嬢・セラフィナ。ある日、彼女は危険な目にあったところを突然現れた公爵・グリフィンに助けてもらう。しかし、それは偶然ではなく、「契約結婚を申し込むために君を探していた」と言うのだ！　セラフィナは二年間の契約が終わったら再び自由に暮らすことを条件に、結婚を受け入れることにしたのだが……

詳しくは公式サイトにてご確認ください。

http://www.regina-books.com/

携帯サイトはこちらから！

待望のコミカライズ！

異世界トリップし、とあるお城の台所で下働きをしている元OL・舞花《まいか》は、ある日突然、若き国王陛下に求婚された!?　この王様、はっきりお断りしてるのに話を全然聞いてくれない上に、【救世の力】とかいう千里眼やらテレパシーやらの能力を使って全力で迫ってきて――!?

＊B6判　＊定価：本体680円＋税　＊ISBN978-4-434-25009-5

アルファポリス 漫画　検索

待望のコミカライズ！

勤めていた会社が倒産し、絶賛求職中だった榊恵子《さかきけいこ》・25歳。とある採用面接に向かうと、そこには「賢者」と名乗る男がいた。紹介されたのは異世界で「探しモノ」をするという妙なお仕事。あまりの胡散臭《うさんくさ》さに退席しようとする榊だったが……。その「賢者」に突如異世界にトリップさせられ、気づけば見知らぬお城の庭で男たちに囲まれてしまい――!?

＊B6判 ＊定価：本体680円＋税 ＊ISBN978-4-434-25027-9

アルファポリス 漫画 検索

シリーズ累計
30万部!!!!
RC Regina COMICS
原作＝牧原のどか
漫画＝狩野アユミ
Presented by Nodoka Makihara
Comic by Ayumi Kanou
1〜3
ダィテス領攻防記
Offense and Defense in Daites
大好評発売中!!
異色の転生ファンタジー待望のコミカライズ!!
「ダィテス領」公爵令嬢ミリアーナ。彼女は前世の現代日本で腐女子人生を謳歌していた。だけど、この世界の暮らしはかなり不便。そのうえ、BL本もないなんて！　快適な生活と萌えを求め、領地の文明を大改革！　そこへ婿として、廃嫡された「元王太子」マティサがやって来て……!?
異世界の勢力図を塗りかえる!?
異世界おまかせあれ!!
異世界を革命!!
Webにて好評連載中!
アルファポリス 漫画
検索
B6判
各定価：本体680円＋税

小津カヲル（おづ かをる）

静岡県在住。2011年よりWebにて小説を発表。2015年に「王立辺境警備隊にがお絵屋へようこそ！」で出版デビューに至る。

イラスト：RAHWIA

異世界工房通《いせかいこうぼうどお》り訳《わけ》ありアンティーク店《てん》

小津カヲル（おづ かをる）

2018年 10月 5日初版発行

編集－見原汐音・宮田可南子
編集長－塙綾子
発行者－梶本雄介
発行所－株式会社アルファポリス
〒150-6005 東京都渋谷区恵比寿4-20-3 恵比寿ガーデンプレイスタワー5F
TEL 03-6277-1601（営業） 03-6277-1602（編集）
URL http://www.alphapolis.co.jp/
発売元－株式会社星雲社
〒112-0005 東京都文京区水道1-3-30
TEL 03-3868-3275
装丁・本文イラスト－RAHWIA
装丁デザイン－ansyyqdesign
印刷－図書印刷株式会社

価格はカバーに表示されてあります。
落丁乱丁の場合はアルファポリスまでご連絡ください。
送料は小社負担でお取り替えします。

ISBN978-4-434-25168-9 C0093